日曜日の心中

装画：塩月　悠／drip
装丁：別府大悟

日曜日の心中

高野吾朗

日曜日の心中❖目次

蟹 …………………………………………………… 10

クーデター …………………………………………… 12

夢が発酵する時 ……………………………………… 14

サイド・エフェクト ………………………………… 17

終わらない舞踏 ……………………………………… 19

捕虜の告白 …………………………………………… 21

山頂へ ………………………………………………… 24

大晦日の大言壮語 …………………………………… 27

炎について …………………………………………… 30

妻と死 ………………………………………………… 33

水中花 ………………………………………………… 36

Lost and Found ……………………………………… 39

Some Other Time …………………………………… 42

この世でもっとも醜い ……………………………… 45

ありふれた反復 ……………………………………… 48

アンダルシアの猫 …………………………………… 50

カルテット …………………………………………… 55

ケ・セラ・セラ ……………………………………… 58

ターン ……………………………………… 61

ただひたすらに ……………………………… 64

トンネル ……………………………………… 66

はなして ……………………………………… 69

一等星 ………………………………………… 72

自動販売機の歌 ……………………………… 75

冗談 …………………………………………… 78

世界がまた滅びる日に ……………………… 81

雪 ……………………………………………… 84

草を刈る人 …………………………………… 87

中途半端な欲望 ……………………………… 90

投票日 ………………………………………… 91

内部被ばく …………………………………… 94

枇杷の樹 ……………………………………… 98

歴史の誕生 …………………………………… 101

鮟鱇の館 ……………………………………… 103

自画像から始まる物語 ……………………… 106

日曜日の心中 ………………………………… 131

Y へ

日曜日の心中

蟹

晩冬の谷に　巨大なミサイルの発射音が鳴り響き
倒木の洞の中で冬眠していた蟹たちが　目覚める
そのミサイルが　誰によって　いったい何のために
どこへ向かって飛ばされたのか　何も知らないまま

蟹たちは洞を出ると　一糸乱れず　行進をはじめる
そして　山に隠れて今は見えない　あの海辺を目指す
なぜその海辺でなければならないのか　どうやって
そこまでの行き方を学んだのか　もはや忘れたまま

山を登りきる途中　赤き一群はハイウエイを横切る
高速で飛ばすタイヤに　蟹たちは次々と潰されていく
車たちが　なぜかくも急いでいるのか　一体どこへ
そして何から逃げようとしているのか　知らぬまま

携帯電話の画面に目を奪われたまま　すたすたと歩く
人間たちの群れに　踏みつぶされて息絶える蟹もいる
彼らの殻を粉砕した　あの靴の持ち主たちが　どんな
情報に飢え　何に怯えていたかなど　知らずに逝くのだ

山頂を越え　次の街の大通りを　蟹たちはひたすら進む
あちこちに見える人影　笑う者　泣く者　哀しげな顔
ここは本当に　今なお生きている街か　それとも　実は
皆　ただの幽霊でしかないのか　蟹にわかるはずもない

森の中で　お互いの体をむさぼるように絡み合う　一組の
裸の男女のすぐ脇を　生き残った蟹たちが一列で過ぎていく
この男女こそが　次なるアダムとイブなのか　それとも単に
棄てられたマネキンでしかないのか　考えることもないまま

最終目的地の海辺には　「biological」または「chemical」と
書かれた金属製の容器が所狭しと並び　蟹たちの行く手を阻む
それが何のためのものなのか　今からどこかで使われるのか
それとも今から廃棄されるのか　蟹たちには一切関係がない

蟹たちがようやく　海水に浸るや否や　使い捨ての避妊具が
クラゲのように彼らのからだに絡みつき　窒息へと静かに誘う
これらゴム製の漂流物の中に残存している　人間たちの体液が
いったい何を暗示しているのか　死にゆく蟹たちは考えもしない

最後まで残った蟹たちのからだから　大量の卵が海中へ放たれる
このあと卵はどうなるのか　産み終えた自分たちはどうなるのか
何も知らないまま　蟹たちは　洞の待つ谷へと　新たに舵を切る
あそこへ戻って　一体どうなるというのか　やはり知らないまま

クーデター

戦闘機ガ何度モ頭上ヲ低空飛行スルセイデ　一睡モデキヤシナイ

とうとう隣の国から　茶色い核爆弾が本当に飛んできました
そろそろ久しぶりに　黄色い大戦争が起きてしまいそうです
いよいよ国民全員に　青い徴兵制度が課せられるみたいです

妻を亡くしたひとりの男が　ある日　ふと思い立ち　だらしない真っ裸の自らの体に　彼女の愛用のパンティと　ブラジャーと　ストッキングと　スカートと　コートと　彼女のお気に入りのヒールと　口紅と　サングラスと　ブランドの鞄と　傘を全て身に着け　雨降る街に　独り繰り出す　「わたし　最後までこの癌と遊ぶの」が口癖だった妻　その言いぐさを　街角を曲がるたびに　男が小声で真似る　「わたし　最後までこうやって遊ぶの」

無数のカメラを前にして　黒い権力者が声高に話します
「かくたる国難においては　大なる白き人権のみが大事」
「と同時に　小なる紫色の人権は　全て犠牲となるべき」

白いパンティに白いブラジャー　紫のストッキングに紫のスカート　黒いコートに黒いヒール　青い鞄に青い傘を身に着けて　妻を亡くしたばかりの男は　雨降る街の片隅に建つおんぼろビルの一室へと　独りそっと入る　ようやく大人になれたような満足感とともに

声高に語りながら　権力者が一冊の赤い本を　聴衆にかざします
「諸君　坂口安吾の『堕落論』に　次のような緑色の一節がある」
『必要ならば金閣寺をとりこわし　金色の火葬場をつくればよい』

その部屋にはスクリーンが一台あり　画面には声高に叫ぶ権力者が映っていて　その演説

を　たくさんの男たちが黙ったままじっと見ていて　どの男もみな　愛する妻を亡くした者ばかりで　どの男もみな　生前の自分の妻とそっくりの格好で　その男たちの前で　権力者が言い切る　「諸君　真の美とは　わが国民にとって必要なものだけを指し　逆に我々にとって必要でないものは　全て醜く　すぐにでも排除されて然るべきものばかりだ」

権力者のそのすぐ後ろには　彼の妻の　金色の微笑がありました
「わたし　こうやって遊ぶの」とでも言いたげな静かな口元でした

妻を亡くした男のひとりが　突然「偽りの堕落だ」と叫び　真っ赤なトマトをスクリーンに投げつける　すると他の男たちも　皆いっせいに　真っ赤なトマトをスクリーンに投げつける　そして　「こんな金閣寺は要らぬ」「火葬場は我らの手で作る」の大合唱を起こす

戦闘機ガ何度モ頭上ヲ低空飛行スルセイデ　一睡モデキヤシナイ

こうしてとうとう　彼らの体の奥深くに眠っていた　黒い種子から
ようやく次々と　瑞々しくて美しい緑の芽が噴き出していきました
数日後に「首謀者全員極刑」で幕を閉じた　あの黄色い未遂事件の
第一日目は　茶色い雨の降るなか　かくも秘かに過ぎていきました

夢が発酵する時

往年の賑わいがまるで嘘のような　この小さな過疎の街に
なおも残っているのは　白髪の老人たち十数名と
独りだけいまだに壮健な体つきの　無職の若者のみ

ここをいくら出ていきたくても　若者には出ていく金も勇気もない
老いさらばえた親のすねばかり　ずっと安易にかじってきたせいで
彼に今できることといえば　腐りゆく街の風景を罵倒することのみ

すると突然　この街に　独りの若い女がふらりと訪ねてきた
彼女は空き家のひとつに目をつけ　そこに独りで住みはじめた
老人たちは男も女も　自らを「芸術家」と呼ぶこの女を気味悪がった

女はある日　メガホン片手に　街中のあらゆる通りを独り練り歩き
「わたしがこの街を　再び生き返らせてみせる」と派手に宣伝して回った
病的に見えるその蒼白な顔に見とれていたのは　あの若者だけだった

彼女はその後　ただ街をうろつくばかりで　何もしようとはしなかった
若者がどういうつもりかと尋ねてみると　女は彼の顔を優しくなでながら
「この街で最も退化した顔ね」と囁き　彼を自分の家へと招き入れた

何度も体を重ねあいながら　若者は　自分のからだの肉や内臓がまるで
聖なる生贄として　何者かに無残に食われているかのような　あるいは
聖なる生贄を捧げられて　それを存分に食らっているかのような気分でいた

「君がこの街を離れる時には　俺も必ず同行する」　若者がそうせがむと

半裸の「芸術家」は冷ややかに笑いながら　「あなたに流浪は無理　だから
ずっとここにいなさい　こうして免疫もつけてあげたのだから」と囁いた

やがて街中に　得体のしれぬ殺人的な伝染病が　どっと蔓延しはじめた
病院のないこの街で　老人たちは次々に倒れ　自宅に臥せるようになった
どの患者も　高熱にうなされながら　全身がくまなく透明になるのだった

どうしていいかわからぬまま　手をこまねいているだけの若者に向かって
「芸術家」は　寝たきりの患者たちの家を一軒一軒　訪ねてみるよう促した
「そしてカメラで丁寧に撮影しなさい　苦悶にゆがむ　彼らの一瞬一瞬を」

若者が撮ってきた写真を丹念に眺めながら　女はさっそく分類を開始した
生死の境を行ったり来たりしている顔には　「ただいま発酵中」と付箋を貼り
すでにほぼ死が確定したような顔写真には　「腐敗」「廃棄」と赤字で大書した

「発酵中」の写真だけが大きく現像され　その顔の持ち主の自宅前に飾られた
その透明さがいつしか評判となり　写真見たさに多くの観光客が訪れはじめた
街の経済は少しずつ潤いはじめ　「芸術家」のあの公約は　半ば現実となった

街に新たにホテルが建ち　大手スーパーが建ち　マンションまでが建ちはじめた
ようやく病院も建ち　そしてその向こうには　小さな美術館までが建てられた
街中を彩った病者の写真群は美術館に展示され　撮影者の若者は有名になった

病院に収容された「発酵中」の者たちは　そのまま「腐敗」へと転がり落ちるか
せっかく享受した街の利益を　先行きの暗い治療に　すべて費やしてしまうかで
独り伝染病から無縁だった若者から見れば　どこか生贄のようにさえ思われた

……と　ここまで書き終えて　わたしは床に就いた　すると　あの若者が
夢枕に立ち　わたしに向かって深々と礼を述べた　「あの写真撮影のおかげで

私はかくも裕福で自由になった　あなたの助言のおかげだ　どうもありがとう」

翌晩　わたしが再び床に就くと　再びあの若者が夢枕に立ち　今度は私を責めた
「このままだと街の住民は　私を除いて皆いなくなる　彼らには申し訳ないことをした
私も一緒に病んで逝きたい　なぜその自由がないのか　こうなったのもおまえのせいだ」

今夜もあの若者は　わたしの夢にまた現れて　わたしを誰かと勘違いしたまま
こんなことを言うのだろう　「このままここから出ていくつもりか　ならば
一緒についていきたい　ああどうして　独り旅立とうとするのだ　まるで私の

夢枕から　自由気ままに退場しようとするかのように　まるで
有機物が　静かに泡を立てながら　分解されていくかのように」

サイド・エフェクト

鰻でも食べて精力をつけようかと思っていた　とある猛暑日の午後
一人の老人がだしぬけに近づいてきて　「わたしは　未来の君だ
われらが聖なる書の中の一文を　今すぐここで　暗唱してみせよ」
と　歯に衣着せぬ勢いで命じてきたので　しばし呆然としていると
無表情のまま老人がやおら強烈な光線を発射し　わたしの眼球は途端に暗転した

刺すような痛みにようやく目を覚ますと　わたしの体はすでに寝たきりであり
両足は二本のオベリスクのごとく異常にむくみ　腹にはまるで妊婦のごとく水がたまり
背中の褥瘡はますます広がるばかりで　あわてて痛み止めの麻薬を飲むと
すぐさま雄大な迷宮が目前に出現し　その奥底から「役目アリ」という誰かの声が
不気味なこだまとなって体中に響き渡り　その副作用の吐き気にもはや耐え切れず

すぐに吐き気止めの薬を飲みこむと　すかさずわたしの体は全身ぬるぬるとなり
食べ物なしでも半永久的に生き永らえる魚と化して　ベッドの上をうねうねと這い回る
環境の急激な変化のせいで　生殖器すらオスからメスへとすっかり様変わりし
眠りさえ忘れてしまうほどで　夢を見たさに　ナースコールを何度も押してはみたものの
何の応答もなく　「助けて」と叫ぶ声は「死人ニモ」と即座に翻訳されてしまい

拳銃と防弾チョッキで完全に武装した医師団が　ずらずらとわたしの病室に入ってきて
「次の自爆者はこの患者のようです」と言いながら　わたしをどこかへと連れ去っていく
インターナショナルゾーンから蟹のごとくつまみ出されるや　甲殻類となったこの体は
星座のごとく砕け散り　罪なき市民を犠牲にする　渡り鳥も V 字編隊を組んで飛び去る
迷宮からの「世ニ果タスベキ」という最後のこだまで　聖なる文はここについに完結する

猛烈な便意に襲われて　寝たきりの体はそのことのみに持てる力を全て使い果たし

肛門からやっと何もかも出し切ると　今度は痰が絡んで呼吸はいっそう困難となり
「次は何が起こるのか？」──ベッドを取り囲む親族たちに次なる薬を頼もうとすると
「家族を介護しないなんて恥」と言われ続けて　慣れない介護に今まさに疲労困憊中の
鰻たちの群れはついに水中へとみな姿を消して　わたしの子宮の奥深くではひっそりと

一本の灯台が暗黒の海上の果てに向かい　一筋の強烈な光線を懸命に投げかけており
照らし出された黒鳥のごとき船たちの側面に　ほんのりと浮かんでは消える文字群は
GAN（願？　眼？　龕？　雁？）と書いてあるのか　それとも　GUN なのか
小文字で cancer と書いてあるのか　それとも　大文字の Cancer なのか
船団が（いったい何のために？）ひたすら目指しているという「精霊たちの島」は

どうやら今なお　無人のままらしい　だから　そこにはもちろん
毛髪を失った者も　口内炎や口内乾燥や味覚障害に苦しむ者も　誰一人いないらしい

終わらない舞踏

先週ついに逝ってしまった女が　長らく暮らしていた部屋の床の上に
彼女の最期を看取った男が　いま一枚ずつ丁寧に並べているのは
彼女がきちんと保存していた　病院の領収書たち

病で動かなくなった両足を引きずりながら　この部屋で這っていた彼女が
「わたしとまるでそっくり」と　たえず口にしていた名画がある
アンドリュー・ワイエスの　「クリスティーナの世界」

這いまわっていたその影を　あらためて追うかのごとく
一枚ずつ丁寧に並べられていく　真っ白な領収書たち
床に置かれるやいなや　書かれてある数字たちが揺れはじめる

女はこの部屋でよく　自分が最期にどんな臨終の言葉を吐くのか
夢想ばかりしていたものだが　すべての予想はみな外れ
最後の昏睡状態に陥るその刹那　彼女は結局こう口にした

「金色のきれいな仏壇が　いっぱい並んでる
そこにどうして　こんなゴキブリがいるの
誰か来て　怖いよ　怖い」

部屋の床一面に　ようやく領収書を全て並べ終えると
男はクリスティーナのように　その場にぺたりと座り込んだ
窓からの光が床を金色に浸し　男の影はまるで一匹の虫のようで

かすかに漂うのはただ　草原の香りのみ

それは拒否の香り　自由の香り
涙の谷はすでにはるか遠く　部屋の全てはただ偶然の産物で

再び突風が　窓を激しくたたきはじめた
ただ　がばっと　開けてしまいさえすればよいのだ

揺れる数字たちを　野生に戻したいというのなら
その昏睡から　またも目覚めたいというのなら

捕虜の告白

「ある一定の環境のもとで　ある任意の瞬間に
生きているあなたを変数Ｘ　すでに死んでいるあなたを変数Ｙ
と仮定した時　ＸとＹの関係を表すグラフは　まるで
アルファベットのＭのごとき形となる　そして　この
ＸとＹの関係を示す方程式は　常に次のように表される」

そう言い聞かされてずっと育ってきたが　今日　ようやくわたしは
この方程式の暗闇から　運よく隙を突き　逃亡することに成功した
逃げることに決めた理由　それはＸがＹの体を　いつも勝手に弄んでは
最終的に骨の髄まで食べ尽くすという慣例が　もはや許せなかったからだ

Ｍ字のグラフの二次元世界が　後方に遠のいていく分だけ　様々な瞬間に
Ｙが着てみせていた衣類たちの山の輪郭が　ピラミッドのように聳えはじめる
あの山のふもとに何かを置き忘れてきた気がするが　もう引き返せはしない

しばらくしてわたしは　同じく逃亡者らしき女と偶然出会い　すぐに恋に落ちた
わたしに抱かれながら　自らが逃れてきた世界のありようを　女はこう説明した

「ある一定の環境のもとで　ある任意の瞬間に
男として存在するあなたの磁力をＸ　女として存在するあなたの磁力をＹ
そして　ＸとＹの間の距離をＺ　と仮定した場合
ＸとＹの間に働いている磁気力は　次の方程式によって常に求められる
（なお　この方程式の中におけるＭとは　比例定数である）」

来る日も来る日も愛し合いながら　二人して果てなき逃避行を続けていた　ある日

たまたま路上で出会っただけの　同じく逃亡者らしきひとりの男が
「あなたたちと一緒に逃げたい」「同行してもよいか」と　助けを求めてきた
極度の疲労と飢えに朦朧としながら　自らが逃れてきた世界の姿を　男はこう話した

「ある一定の国家において　ある任意の瞬間に
『国民』としてあなたが燃やされた場合の　１モルあたりの熱エネルギーを X
『外人』としてあなたが燃やされた場合の　１モルあたりの熱エネルギーを Y
国家全体が炎上した場合の　１モルあたりの熱エネルギーを Z　と仮定した場合
X＋Y の値と Z との差は　あなた自身が何者であろうとも　つねに一定である」

昼夜を問わず　森や砂漠や海辺や草原を　三人でとぼとぼ逃げていくうちに
次第に元気を取り戻してきたのか　男は　急にこんなことを言いだした
「私がもっとも理想的だと思う世界　そのありようは例えばこうだ
ある一定の環境のもと　ある任意の瞬間における
あなたのそれまでの過去の総質量を X
あなたのそれ以降の未来の総質量を Y　と仮定した場合
X と Y の関係は　以下のような方程式で　常に表すことができる
（なお　この方程式の中における比例定数 M とは　その環境の中に
『放射性炭素』という仮の姿で存在し続けている　神の量を示している）」

女がこの男に　強く惹かれはじめていることに　うすうす気づいたわたしは
いさぎよく　彼女に別れを告げて　たったひとりきりの旅をはじめることにした
女がわたしよりも彼を選んだ理由　それはどうやら　わたしの言葉がどれもみな
初めて出会った時から今に至るまで　ずっと彼女には偽物めいていたかららしい
「あの人は　きっと自分の故郷に　自分の声帯を置き忘れてきてしまったのよ」

わたしはその後まもなく　わたしの故郷といまだに戦闘状態にある国の
国境警備隊によって強制逮捕され　捕虜として　収容所へと送られた
とはいえ　その国にも　国家の根本たる方程式はやはり存在していて

生きている X のわたしと　死んでいる Y のわたしの間の関係性は
なんとわたしの故郷のあの方程式と　まったく同じなのであった

ああ　この詩をいま眺めている読者よ
君は同性愛者か　はたまた異性愛者か
国ある者か　はたまた　国なき者か
いまだ生きる者か　はたまたすでに死者か
未来に生きる者か　はたまた過去にのみ生きるか
君ならではの数値を　わたしを縛るこの方程式の
X と Y に代入して　いまの君の位置を探してはみないか

このわたしの呼びかけに　最初に答えてくれたのは　ひとりの男であった
顔はなぜかわたしにそっくりで　その名のイニシャルは M であった
彼の数値が X と Y に代入されるその瞬間　声帯なきわたしのこの口は
はたして正しい答えを　彼に明瞭に伝えてあげられるだろうか

山頂へ

「！」としか
もはや言いようのない理由で
すっかり無人と化してしまった
この街の　はるか上空を
ロープウエイが二台
ぎしぎしと進む

先を行くロープウエイは　無人
あとを行くロープウエイには
あなた　ただ独り
上へ上へ　ゆらゆら
上へ上へ　ごとごと
街の向こうは　森で
そのまた向こうは　海で
上空からどこを探しても
人の姿はどこにもなくて
あなたは再び
いつもの妄想へと沈みこむ

死んだ子供の複製を作るべく　新たに子を宿し　その子に死んだ子と全く同じ人生を　無
理やり歩ませて　最後には　全く同じ人間にしてしまうという　一人の女の人生が　再び
ちらつくのだ　先行する無人のロープウエイをじっと見つめる　あなたのその目の前に

この妄想のせいで　あなたは
いまだに気づけてはいないのだ

眼下の街の　一角に
廃材を黙々と集め続ける　一人の老人が
今なお　潜んでいることに
老人は　手当たり次第に
集めた木や石を　一つずつ
手繰り寄せては　一本の鑿だけで
ひたすら　一心不乱に
その表面を　彫っていくのだ
古きその昔　誰もが心から讃えた
あの尊きお姿を　またこの世に現すべく

上へ上へ　ゆらゆら
上へ上へ　ごとごと

森の奥では　別の老人が
好みの香りだけを　ただ無心に求めて
食事も忘れたまま　独りさまよい続けており
鹿と出会えば　麝香を想い
倒木を見れば　沈香を想い
フットパスをまたひとつ　通過するごとに
白檀　肉桂　没薬　乳香のありかを　予感するのだ
しかし　あなたは　この狩人の
「歩く権利」にも　やはり気づけないままでいる

上へ上へ　ゆらゆら　上へ上へ　ごとごと
ロープウエイの終着駅に　今ようやく　小さな火が灯る

夜風吹く　彼方の海岸には　人間の愚かさについての本を　まるごと暗記して歩く　別の
老人がひとりいる　人間の愚かさについて書かれた他の様々な本たちを　同じく暗記して

25

歩く別の旅人たちと　どこかでひっそり出会うべく　老人はその長い旅路を　なお淡々と
急ぐのだ　しかしあなたは　やはり気づかない　英雄以外は　もはや見ないということか

さあ　終着駅はもうすぐだ
はたしてあの小さな火は　奪うものなのか
それとも　与えるものなのか

終着駅の目前で
先頭を行く　ロープウエイの扉が
ふいに開いて　そこから見えない何かが
すっと飛び降り　谷底へと　落ちていく
静寂　静寂　静寂
あなたは　恐怖と羨望の念に
少しずつ　引き裂かれていきながら
今　そのロープウエイを　ゆっくりと降りるのだ

大晦日の大言壮語

違う　俺をよく見ろ　俺は虎だ　虎なのだ　この小さな森にたった独りきりで暮らす
人食い虎なのだ　もう一年ほど　何も食べてない　ただひたすらに　飢えた虎なのだ

物心ついてからというもの　俺がずっと人間の来るのを待ち伏せし続けている　この道を
この一年の間に　通った旅行者といえば　いまだにたった　三人だけだ

この森の東のはずれには　別の道があり　西のはずれには　さらに別の道がある
三本の道はもともと一つの道で　森の南のはずれ辺りで　なぜか三本に分かれているのだ

この森に伝わる古き伝説によれば　これら三本の分かれ道のうち　たった一本だけが
「この世の中心」へとまっすぐ続く　唯一の通り道なのだという

森の南のはずれには　どれが「正しい」分かれ道かを示す標識が　立ってはいるものの
その謎めいた表示のせいで　これまで多くの旅行者が　路上で頭を抱えざるをえなかった

「右の道だと到達までに三年かかり　途中で広大な砂漠を　たった一人で歩かねばならぬ」
「左の道だと二年かかり　途中で荒れる大河を　たった一人で泳いで渡らねばならぬ」
「真ん中の道なら一日で着くが　一年間　何も食べてない飢えた猛虎と遭遇せねばならぬ」

俺の住むこの道を今年初めて選んだ旅行者は　杖なしではもはや歩けぬほどの老人で
標識どころか残り二つの道も視野には全く入らなかったらしく　自動的に俺の道を選んだ

なぜ俺はあいつを食わなかったか　それはあいつが　あまりにも気味悪い奴だったからだ
俺を見るなりあいつは　訳のわからぬ言葉の数々を　見境なく俺に投げつけてきやがった

「わたしもあなたもすでに『死者』として　偉い人たちの計算に入っているのです」
「非暴力がよくて　暴力が悪いだなんて　実は巧妙に作られた　真っ赤な嘘なのです」
「真の友情というものは　たとえて言うなら　中心のない機械のようなものなのです」

俺が無視したままでいると　あいつはへらへら笑いながら　独りとぼとぼと去っていった
あの様子では　目的地までどうせ持つまい　途中で行き倒れるのは　目に見えていた

あいつが路上に落としていった手帳には　こんな不気味な文章が繰り返し書かれてあった
「ブレーキとアクセルを踏み間違えて何が悪い　道路を逆走して何が悪い　私は救急車だ」

昨日やってきた今年二人目の旅行者は　俺に会うなり歩みを止めて　いきなりこう言った
「知っていますよ　この道こそが正解で　あとの二つは　どちらも間違いであることを」
「だって一年間　何も食べていない虎なんて　存在するはずがないじゃないですか」

この若者が言うには　俺は俺ではないのだそうだ　それに気づけぬ多くの旅行者たちは
迷った挙句　残りの道の一方を選び　旅路で死ぬか　到着地に絶望して自死するという

無数の旅行者の群れにあえて従わず　自分ただ独りだけがこの道を選んだことを　若者は
「運命的不平等」と呼び　「全ての人が平等になるのは死と暴力の前のみです」と笑った

俺はこいつもあえて食わずにおいた　なぜならこいつが　こんな奇妙な告白をしたからだ
「わたしの体には人工知能が埋め込まれているのです」　機械の体など誰が食うものか

颯爽と走り去っていったあの若者がその後どうなったか　もはや俺の知ったことではない
そして大晦日の今日　ようやく今年三人目の旅行者が　歩いてここまでやってきた

旅行者たちの独白を　べらべらと一方的に聞かされるのは　もはや我慢ならなかったので
今度は俺の方から　日ごろの思いを　一方的にしゃべりかけてやることにした
「あらゆる人間が　テロリストたりえて　あらゆる人間が　テロの犠牲者たりえることを

すっかり忘れてしまったところから　人間の『国民』化は始まったのではなかろうか」

しかしこの旅行者は　ひたすら黙ったまま　俺の顔をただじっと眺めてばかりいたのだ
しかも奴は全裸であり　その体にはいくつもの　深い傷跡がくっきりと残っていたのだ

突然　奴は俺の頭に優しくキスをしやがった　そして静かに微笑みながら　歩み去った
今度こそ食ってやろうと思っていたのに　啞然としすぎたせいで　食いそびれてしまった

遠くで救急車のサイレンと　若々しい高笑いが響く中　俺は今なおこうして飢えている
この森の道の果てに　「この世の中心」があるなどと　一体　誰が言いはじめたのだ
なんて愚かな伝説だ　なんて愚かな年の瀬だ

炎について

今年いちばんの　厳冬の夕べ
女占い師のテントの中に　流れるジャズは
チャールズ・ミンガスの　「ピテカントロプス・エレクトス」
震えながら入ってくる　今夜の客の悩みごとは
「地球上の全てのものが　まったく信用できなくなった」
「自分自身の心さえもが　まったく信頼できなくなった」

女占い師が客の男に　「私の目をじっと見つめて」と　優しく促す
男の眼球の　さらにその向こうにぼんやりと映っているのは
台所のガスコンロの前に独りうずくまる　悲壮な彼自身の姿
一方　女占い師の眼球を　じっと覗きこんでいるうちに
客の男にもそのさらに向こう側が　次第に見えてくる
それは　電話の受話器を握りしめたまま　黙っている占い師自身の姿

ガスコンロの火は全てきれいに消えており　外出の準備はすでに万端なのに
火が消えていることがいまだ信じられず　男はコンロの前に座り込んだまま
もう何時間もの間　全てのバーナーを指先で　ずっと撫でさすり続けている

女占い師が電話で話している相手は　何億光年も離れた惑星に独り暮らす恋人で
久しぶりに宇宙回線がつながってくれたので　愛しいあの声を無性に聞きたくて
彼女はずっと応答を待っているのに　耳に届いてくるのは　ただ深遠な沈黙のみ

消えているはずの二つのガスバーナーのそれぞれに　男は幻の炎を見てしまう
右側の赤い炎の揺らめきが　輪になって座り込み　誰かを悼んで忍び泣く人々に見える
左側の青い炎の揺らめきが　誕生したばかりの命を取り囲み　涙して喜ぶ人々に見える

「私を愛してくれていますか」——もはや我慢ができず　女占い師は受話器へ絶叫する
さらに長い沈黙のあと　ようやく宇宙のはるか果てから　不明瞭なこだまがやってくる
「タイヨウ？　——いま『太陽』と言いましたか——私が『太陽』？」　回線が切れる

女占い師が静かに目を閉じると　客の男もあらためて居住まいを正し　目を閉じる
彼女がおもむろに語りだす　「まずは鏡の前に　震えずに独り立ってみるのです」
「そしてその鏡に触れてみるのです　そうすればあなた自身の冷たさがわかります」

翌朝　まだ夜が明けぬうちから　客だった男はいつもの仕事場へと静かに向かう
国家が強制的に囲い込んでしまったあの土地の　入り口近くの事務所に入ると
冷えたからだを保護するかのごとく　男は鎮圧部隊の制服をゆっくりと着る
延々と続く防壁のそばには　「囲い込み反対」を叫ぶ無数の市民たちが座り込んでいて
制服姿となった男は　武器を片手に　今日も終日　その前に無言のまま立ちはだかる
彼の瞳の奥では　ガスコンロはまだ消えてはおらず　その炎はなぜかどれも冷たい

「もうこれ以上　忍耐できない」——怒りに満ちた市民のひとりが　男の同僚に殴りかかる
制服姿の同僚は簡単に「暴徒」を叩きのめし　「黙れ　直立猿人」と毒づき　せせら笑う
ガスコンロの男は急に　瀕死の市民と自分自身とが　引力によって引かれ合うのを感じる

鎮圧部隊の隊員のひとりが　隣のガスコンロの男に向かって　小声でぼそぼそと尋ねる
「どこにでもあるような平凡な大木が　たった一本あるだけのこんな不毛な土地を
なぜ彼らはこうも守りたがるのか」　振り向いて防壁の中を見た隊員はまだ一人もいない
「こいつらは皆　あの木のことを　死んじまった自分の最愛のひとの名前で呼ぶらしい」
別の隊員が　顔の緊張を一切ほぐすことなく　ぼそっと呟く　「こいつらの人数分だけ
あの枯れ木には名前があるわけだ」　この隊員も　まだ実際にその木を見たことはない

次なる「直立猿人」が　今度はガスコンロの男に向かって　やおら突進してくる
「あんたらは病人だ　なぜ自分の病気を　自ら引き受けようとはしないのか」——

そう叫ぶ「暴徒」の肩を　腹を　胸を　制服姿の男は自らの武器で　何度も殴り続ける

「反対」を叫ぶひとりの女が　ガスコンロの男の腕をつかむ　その顔があまりにも
女占い師にそっくりで　驚いたその瞬間　ようやく彼の中で　コンロの炎が全て消える
「さあ外出だ」──誰かの声に誘われて　男が初めて　後ろを振り返る　すると
遠方の大木のどの枯れ枝からも　死者が首から吊られており　そのすぐ真後ろからは
巨大な真っ赤な太陽が　男に向かってずんずんと近づいてきており　その炎は男の体に
まもなく触れてしまいそうで　全ての音がそこにあるようで　しかも　無音のようで

「他人をもっとも間近に思えるのは　その人の訃報をはじめて知るその瞬間なのです」──
女占い師の別れのことばを思い出しながら　男ははじめて群衆の目前で　武器を手放した

32

妻と死

巷が英国の EU 離脱で騒いでいる日曜の朝　あわてて病室に入ると　「まず息を整えて」
と　声にならぬ声で命じてくるから　「わかった」と言って少しだけ落ち着くと　今度は
「わたしの両膝をゆっくり立てて」と言うので　冷たくむくみ切ったその両足をそっと曲
げてやると　仰向けで寝たままのか細いその喉から　獣のような荒いうめきがごろごろと
響いて　その同じ口から「もう癌の話は一切しないで」という声がして　「わかった」と
言って軽くその頬を撫でてやると　「エクレアがどうしても食べたい」と蚊の鳴くような
声で　今まで長いこと固く禁じられてきた食べ物のひとつを甘くねだるので　あわてて買
って戻ってくると　飢えたジャングルの獣がまるで死肉に貪りつくように　いかにも旨そ
うに二口だけ食べて　残りをそのまま枕元に置き去りにし　「あなた食べて」と言うので
すこしも減っていない腹の中へ無理やり全てを詰め込むと　反対側の枕元には『かもめの
ジョナサン』の文庫本が置いてあって　「読んでいたのか」と静かに問うと　少し間があっ
たあと　「そのサイズの本でも　わたしにはもう重たすぎて持てない」と言うので　「それ
なら代わりに　僕が読むことにする」と答えると　肺の中の水を懸命に絞り出そうとする
かのごとく　嘔吐を思わせるような表情で空咳を何度もしてから　「今日はもう帰らない
で　ここにずっといて」とさびしげに言うので　納棺の際に着せてやろうと思い　昨夜泣
きながら選んだスカイブルーのドレスのことを思い出しながら　「わかった」と言って顔
を枕元に近づけてやると　「いつ見ても情けない顔」と言いながら　片方の頬をぴしゃぴ
しゃと軽くたたいてくるので　「再婚はしない　約束する」と思わず言うと　「わたしには
もう全く関係のないことだから　好きなようにして」と言って　またも眉をひそめる

街のはるか向こうでは　恐竜たちがいまだ跋扈していて
侍たちがまだ国を統治しており　核爆弾はまだ一度も落ちてはおらず
癌が撲滅される日は　いまだなお遠く

無音の雷鳴のごとき空気の波が　部屋中を満たしており　ベッドにだらりと横たわるピン

ク色の病院服には　窓からの夕日がようやくうっすらと照りかえり　その周りのいろいろ
な品々　例えば茶碗　ストロー　昔から使っている箸　小さめのスプーン　使い捨ての歯
ブラシ　大人用おむつのセット　タオル数枚たちなどが　日常から非日常へと　はたして
いま移るべきなのかどうか　それぞれに最終決断を激しく迫られているかのようで　「物
にはみな歴史があるのだな」と思わず口に出してみると　「過去にはもうすっかり興味が
なくなった」と言うので　「もう誰にも会いたくはないのか」　と尋ねると　「ええ　つま
りあなたは　『選ばれし唯一の人』」と言ってにっこりと笑い　また激しく咳き込むので
「今　夫のこの姿を見てどう思うか」と自らを指さしながら問うと　「大江健三郎の書いた
『個人的な体験』っていう小説の主人公みたい」と答えるので　「それはいったいどんな小
説なのか」と尋ねると　「そんなことをいちいち説明している時間はもうなさそう」と言
いながら　今度は自分自身の痩せこけた顔を弱弱しく指さし　「この顔を見てどう思う」
と問うてくるので　「畏敬の念しか感じない」と答えると　「いまここで　あなたの手で殺
されたい」と急に涙声で言うので　凍りついたかのようにただ顔をじっと見つめていると
「逝った先にいったい何が待っているのか　考えただけでわくわくしてくる」と言い　今
度はいきなり笑顔になるので　たまらなくなり　赤みを増す窓辺の風景に目を向けると
一羽のカモメが仲間の群れを無視したまま　急降下と急上昇を繰り返しながらずっと戯
れており　「ジョナサン」と心の中で呼びかけると　「なあに」と答えながら真向いの壁
をまたも弱弱しく指さすので　ふと見ると　そこに貼ってある常緑樹の若葉たちの写真
が　夕日のせいか　紅葉した落葉樹の葉のようで　その神々しさが　睡魔を誘い込む

街のはるか向こうでは　恐竜たちがようやく全て死に絶えて
侍たちの国もついに崩壊し　核爆弾もすでに何度も落ち
大量殺戮兵器は　もはや数えられぬほどの量で
癌が撲滅される日も　いよいよ目前のはずで

「エアコンを操作して　室温をちょっとだけあげてほしいんですけど」というか細い声で
突然の眠りからようやく目覚めると　「そんな小さなお願い事のためにこそ　ここにずっ
といてもらっているわけだから　しっかりしてください」と言うので　「室温をあげさえ
すれば　生の方向へとまた後戻りしてくれるのか」と愚かな冗談を言うと　「逝く瞬間を

見逃さないでほしいからこそ　ここにずっといてもらっているわけだから　しっかりして
ください」と　声にならぬ声で言うので　「こんなことを言いあえる夫婦になろうとは思
わなかった」とあきれ顔で答えると　「全ては病気のおかげ」と言って静かに目を閉じる
ので　「おいジョナサン」と小声で呼びかけると　病室の電話が鳴り　受話器を上げれば
電話線の向こうにあるのは光か闇か　それとも「離脱」という言葉に一喜一憂してばかり
の国か　さっぱりわからないまま　ずっと受話器を取らぬままにしていると　「ご夕食を
お持ちしました」という看護師の声が扉の向こうから聞こえ　ベッドの中で閉じられてい
たはずの両眼が　虚空へと独り消えゆく鳥の眼のごとく　再び静かに開かれて　「まだま
だあなたの思い通りにはいきません」と微笑むその口元に　恐怖する女のエロスが浮かぶ

再び街の果てから　恐竜たちの咆哮が轟き
核爆弾なき血みどろの武闘に歓喜する　侍たちの高笑いまでもが
同時にこだましてくるかのようで　思わず耳を塞ぐと
スカイブルーのドレスが　誰にも着られぬまま　独りひらひらと天空を舞う

水中花

昔の兵隊たちみたいに　俺にも「慰安婦」が必要だ——
そんな軽々しい気持ちで
いま　この男はわたしを　わがものにしようとしている

この男はいつも　この部屋の外へと　わたしを連れ出したがる
自分だけの「所有物」として——しかし　それだけは許さない
この部屋の中でなら　何でも言うとおりにしてあげるけれど

今日もまた　金額分の性行為のあと　ベッドに裸のわたしを残し
男は　この部屋にたった一つしかない　窓の前に立つと
平凡な夜の街並みを　苦虫を嚙み潰した顔でじっと眺めている

ベッドのわたしの体からは　今日もまた　見知らぬ女が
するりと抜け出し　虚空にふわりと漂いはじめる
今日の女は　数珠を手にしたまま　何やらぶつぶつと呟いている

「黒々と広がる大河——周囲はジャングルばかり——川辺に立つわたしの白髪は乱れ——
腰は曲がり——皺だらけの顔は蒼白——鼻の両穴には透明なチューブ——いつもなら杖が
必要不可欠なのだが——今日はわたしのひとり娘が　老いたこの体を支えてくれている」

「おまえが部屋の外に　一歩も出たがらないのなら　逆にこの室内に
外の世界をまるごと　持ち込んでしまえばいいだけの話だ」——男はそう言い放つと
窓を開け　息を一度大きく吐き　それからおもむろに　世界全体を吸い込みはじめる

川辺の老女は数珠を手にしたまま　顔全体を川に浸けると　黒く淀んだ泥水を静かに

口に含む　ごくりと飲み干すと顔を挙げ　今度は自分の娘に向かってぽつりと語る
「どうやら戦争は終わったらしいが　わたしの戦争はこれからはじまるのだ」

窓の外の世界が　破片となって少しずつ　男の肺の中へと吸い込まれるたびに
人間同士の違い　建物同士の違い　車同士の違い　言語同士の違いは全て失われ
単に「人間」「建物」「車」「言語」といった総称のみが　残されるばかりとなる

老女は語る――「毎日役所へと足を運んだ――『ご主人の配属先が南方のあそこなら
ご帰国はきっと早いはずです』――担当者のこの話に　わたしはすっかり安心したものだ
やっとあの人が帰ってくるのだ――これでわたしにもようやく　春が来るのだ　春が」

窓の外の世界を全て　問題なく吸い込み終えると　男は再び窓をきっちりと閉め
わたしに無理やり媚薬をかがせようとするかのごとく　大げさなゲップをひとつする
この男ほど　下り坂を独りで降りていく孤独に　耐えられそうにない者はあるまい

老女はなお語る――「同じ戦地から無事帰国した元兵士がいると聞き　訪ねてみた――
『お宅のご主人もあそこに？』――『ええ』――『あそこは敵兵がみな親切でしたから
少しの取り調べだけで帰国を許してくれました――ご主人もきっともうすぐですよ』」

話し終えた老女が突然　頭全体を肩のあたりまで　大河の中にずぶりと入れる
ごくり　ごくりと　泥水を飲み下し続ける音が　ジャングル中に広がっていく
「川底に眠っているわたしの父を　救い出すためです」と　娘が代わって説明する

ずっと閉じたままだった　わたしの額の第三の眼が　ここでようやくぱっと開いて
わたし自身に問いかける――「おまえがこの部屋から一歩も出ることを許されないのは
この国が初潮前のおまえを　『生き神』として正式に選んだからではなかったのか」

娘がなお語る――「母が顔を水に浸けているのは　涙を隠すためでもあるのです――
兵士の妻がこれしきのことで　人前で涙を見せるなど　ただの恥さらしですから」――

老女が飲む泥水の量と　彼女がこぼす涙の量がほぼ同じせいで　川の姿は不変のままだ

男がまたもや　裸のわたしを抱こうと近寄ってきた　まさにその瞬間
巨大な音を立てて　彼の体は粉々に爆発し　外の世界の全ては微粒子の海となり
部屋の中に満ちあふれる　そしてわたしは　海の底に咲く　一輪の欲望の花となる

ようやく顔を上げた老女の濡れた唇は　まるでぬめぬめと光る蛭のようで
どんな汚いものも咥えこみ　ありったけの唾液ですぐさま透明にしてしまいそうだ
その唇がゆっくりとささやく──「ここでいいのだ　勝利はないが　負けもないのだ」

いま　額の第三の眼に映し出されているのは　空虚と化した窓の外の世界の底辺を
ずっとひとりぼっちのまま　ただぼんやりと漂う　わたし自身の姿ばかりである
脳も臓器も子宮も退化した　蛭のごとき肉体　そんなわたしを　はるか上の方から

眺めおろしつつ　わたしの帰りをじっと待っている　あの濡れた顔はいったい誰だ

Lost and Found

診察室の壁に掛けてある　掛け軸には
数百もの漢字が渦巻き状に並んでいて
一体どこから読みはじめ　一体どこで
読み終わるべきなのか　見当もつかない

「これは一乗法界図といいます」と言いながら
医師は　私の腕に注射針を再び刺そうとするが
血管があまりに細くなりすぎて　狙いが定まらず
さっきからずっと　逡巡を繰り返し続けている

「この注射ができないと　他人を愛する能力の低下は
いま以上に深刻化し　自動的に余命宣告となります」
医師の冷静な言葉に　私は半狂乱となり　「先生
どうか見捨てないでください　異性愛が不可能ならば

同性愛を　同性愛も駄目なようなら　獣たちへの愛を
それさえ駄目なようなら　幻を愛するよう努めますから」
と懇願するが　「冗談はやめなさい」と医師に一喝される
冗談抜きで生きていける人間など　どこにもいないのに

ようやく　注射液が血管内に静かに侵入するやいなや
私の目の前に　見慣れぬ駅の遺失物取扱所が現れる
いま私は　人生にとって最も大事なものを　列車内に
忘れてしまい　それをなんとか取り戻そうとしている

「引き取り手のない遺失物の第一位は　これまでずっと
傘でしたが　今ではそれが一位です——お客さんのように
わざわざここまでお越しになる方は　めったにいません」
駅員はそう説明すると　裏の倉庫へゆっくりと歩いていく

待っている私の隣に　男がひとり現れて　変なことを口走る
「僕はいま　両目が全く見えないのですが　見えていた頃に
最後に見たあの風景を　車内に置き忘れてしまいました」
どこから見ても　目が見えているようにしか見えないのに

「それはどんな風景なのですか」と　駅員が尋ねると
男は何を思ったか　まるで読経のような妙な口ぶりで
「無名無相絶一切」だの　「真性甚深極微妙」だのと
唱えはじめる　「もしかすると　診察室で見た　あの

掛け軸の一部かもしれない」——もしや　この男は
あの医師なのではと　私が顔を覗き込もうとすると
ふいに視界が闇と化し　どこからか小さな声がする
「時間切れです　パスワードを再入力してください」

慌てて「no nihilism no pessimism」と再入力すると
遺失物取扱所がまた現れ　目の前には次なる男が立ち
これまた変なことを口走る　「日本人になる前に　僕は
どんな移民だったのか　どんな難民だったのか　どんな

外国人であったのか　それをうっかり車内に忘れちゃいました」
どこからどう見たって　ただの日本人にしか見えないのに——
そう思いつつ　彼の顔をじっくり眺めていると　その昔
私に「治安維持法」の意味を教えてくれた教師に似ていて

40

思わず立ち上がると　うしろから　誰かが私の首を
羽交い絞めにして　無理やり外へ引きずり出そうとする
「これです！　わたしが探していたのは！　駅員さん！
どうもありがとうございました！」と　叫びながら

私を落し物扱いするのは　いったいどこの誰なのか――
邪悪な世界へ連れていかれそうで　恐怖に震えつつも
ようやく見つけてもらえた喜びに　恍惚感さえ覚えて
振り返って相手の顔を見ようとするが　無駄な努力で

視界は再び暗転し　さっきのパスワードを再入力しても
「パスワードは変更されました――危険です　危険です」
のアナウンスばかりがこだまするので　どうしていいか
わからぬ　この私の細い腕に　再び注射針の気配が近づく

Some Other Time

子宮口が　また少しずつ　開かれていく——

頭の向きを少しずつ変えながら
産道をゆっくり通り抜けていた　まさにその時
ほんの一瞬だけ　わたしは　一匹の犬となった

犬の飼い主は　「この世で最も恐ろしいのは人間」
が口癖の　孤独な世捨て人で　餌だけはくれたが
事あるごとに　犬を蹴り　殴り　大声で罵倒した

飼い主の暮らす街はもともと　辺境開拓の目的で
荒野の只中に刑務所を作り　囚人たちを送り込み
ようやく出来上がった　世界有数の大都会の一つ

その飼い主もとうとう死んで　犬は野良犬となり果てた
鳴き方を忘れ　沈黙のままの犬は　街をさすらった挙句
結局は飼い主の家に舞い戻り　無人の庭で　独り眠った

その夢の中で　子宮口が　また少しずつ　開かれていく——

犬が　頭の向きを少しずつ変えながら
産道をゆっくり通り抜けていた　まさにその時
ほんの一瞬だけ　犬は　死んだ飼い主となった

飼い主の遺体が運び込まれたのは　巨大な演奏会場で

ライトがつくと　舞台上には　演奏者らしき者がいて
遺体が舞台に上げられると　早速「準備」を開始した

客席には　往年の「バブル」時代の狂乱ぶりを懐かしむ
老人が二人並んで座っており　「最近は人間が多すぎて
肉不足だ」「おまけに火葬場不足」などと囁き合っている

「準備」とは　遺体から魂だけを抜き取ることを意味する
善や悪や愛や欲たちが　鍵盤やペダルや弦や脚へと次々に
変貌し　接続されると　一台のグランドピアノが完成する

「あの魂は死ぬ間際　まるでどこかの文豪を気取るかのごとく
『この空っぽの心臓に音楽など必要ない』などと　囁きながら
シャンパンを飲み干していたらしい」と　老人たちが暴露する

ついに演奏が始まる　最初は重々しくピアソラのタンゴから
まるで　鞭打ちの刑に呻く囚人のごとく　あるいは　まるで
久々の情熱的愛撫に歓喜する裸体のごとく　ピアノは鳴って

子宮口は　またもや少しずつ　開かれていき——

音素の束が　ピアソラから　軽やかなモーツァルトへと
その姿を変えながら　産道をゆっくりと通り抜けていく
まさにその時　ほんの一瞬だけ　彼らはわたしとなった

演奏者の最後の曲は　バーンスタインの「Some Other Time」
「いつかまた」——指の動きにむせび泣くピアノの哀れな姿を
言葉を失ったままのわたしが　舞台の端で黙って見つめている

「悲劇と喜劇の違いが　最近よくわからなくなった」と　老人の
一人がこぼすと　もう一人が「人生というものは　理解不可能な
未完の詩を説明するための　注釈みたいなものらしい」とこぼす

魂を失った遺体の肉が　いつの間にか　一匹の野良犬の餌と化している

演奏を終えて退場すると　演奏者は楽屋で独り　シャンパンを飲み干す
死のうとして死にきれなかったかのごとく　または　オーガズム直前に
わざと放置されてしまったかのごとく　舞台に立ち尽くす漆黒の怪物は

いったん閉じてしまった子宮口が　いつかまた開く日を　待っているのだ
産道を通り抜けるまさにその時　全ての黒鍵と白鍵は無数の沈黙者となり
わたしとともにこの舞台を埋め尽くすのだ　辺境を賑わすこの街のごとく

話し疲れたのか　老人たちは帰るのも忘れ　死んだように眠りこけている

この世でもっとも醜い

高台の病院の眼下を過ぎる祭囃子　住宅地の消えた跡地に広がる菜の花畑
獅子舞に鹿踊りに鬼踊り　「復興祈念」と大書された神輿
供養の花が置かれた産科の玄関　街の歴史に疎い男とその妻の静かなる到着

無表情で男を案内する中年の看護婦　病院の最上階の片隅
無人の室内へ侵入する男の孤独な足音　窓さえない空っぽの「精液検査用準備室」
右側の壁に取り付けられた大きな鏡　反対側の壁面には巨大な写真

写真に写る等身大の裸の女　ここでの射精を要求する看護婦の機械的な声
精液を採取するための紙コップ　一階の診察室で待っている妻と医師
無表情で退出していく看護婦　無造作にロックされるドア

時間に追われるかのごとき脱衣　しなだれたままの古びた陰部
にっこりほほ笑む壁の写真との奇妙な対峙　世界一とも呼べそうな醜さの塊
自慰行為を迅速に開始できぬ焦燥　無音の中でから回る空想

引きずり出される記憶　「わが人生における究極の美女」の容姿再現の企み
選ばれた美女像に施される想像上の仮装　「白衣の女医」という常套句的選択
閉じた眼の奥で上書きされる醜女の画像　身勝手かつ緩やかに開始される勃起

「脳検査の結果が出ました」と語る女医の冷静さ　妊娠を切望する階下の妻
七色の血管が渦巻く３Ｄの映像　地底に埋葬された無数の臍の緒
自らの脳内の立体美に狂喜する患者　不気味な影を映像中に見出し沈黙する女医

「次は視力検査です」と告げる女医の甘い吐息　疲労を覚えだす右手

「右目を隠してこれを読んで」と指示する濡れた口元　微小な五文字「戦争の終結」
「性のおわり」と誤読する左目　「我々は死者たちに生かされている」と語る階下の医師

未来に拒絶される子供の幻影　過去を決して受け入れぬ幼顔の残響
「不妊の責任はおまえにある」と詰る声　「不妊こそ幸福の一歩」と囁す声
目を開けば核実験場のごとき荒廃　閉じれば発光菌類のごとき妖艶

「あの事故とわたしの妊娠」　その間に潜むつながりの有無
「次は左目を隠してこれを読んで」との指示　またも微細な短歌のごとき文字列
「犠牲者を悼む花さへ今日ゴミと化し炉へと消ゆ輪廻とは何」　老いを隠蔽したい衝動

「詠ふため死をば嗅がむと病院を徘徊すれど外ばかり見ゆ」と即興　鼻白む女医
その淫靡な顔にさえまともに焦点の合わぬ視力　「血まみれのイコンか？」と錯覚
緑内障または網膜剥離の疑い　眼底検査後に採血の開始

女医を丸裸にしてしまいたい衝動　高台を登りはじめる祭囃子
採血室のテレビモニターに映る砂漠　跪く人質を「我らが神を冒瀆した」と罵る男の姿
注射針で徐々に抜き取られていく黒い血　人質の首から勢いよくほとばしる鮮血

想像力の限界の到来　半裸の女医の幻が全裸の名もなき笑顔の醜女へと戻りゆく刹那
もはや麻痺寸前の右手　地球の反対側で発生する波また波
光速で地球を半周する波の巨大さ　ぽとぽとと紙コップにこぼれ落ちる白濁

振り向くと目前にあの大きな鏡　世界一とも呼べそうな醜さの塊
一階へと移動　「生者は生者　死者は死者　両者会うことなかるべし」と唄う声
「伝統文化こそ　この街に残された唯一の資産」　言い切る医師の威厳

スクリーンに映し出される精液のクローズアップ　不意に「百姓一揆」へと飛ぶ連想
先頭に立ち殉死する孤独な義民　遺された百姓たちと圧制者たちとの密約の可能性

祭囃子に合わせて揺れ続ける画面上の精子たち　廃棄直前のその姿を凝視する妻と医師

最上階の写真の片隅　「街一番の神楽の踊り手　男性　遺骨なお捜索中」のメモ
視界から次第に薄らいでいく精液の画像　代わって浮上するトリニティサイトの風景
風に合わせて幸せそうに揺れ続ける砂漠の草花たち　鼻白む女医

ありふれた反復

あなたがあれほど深く　恋慕った人が
いま　死者として　あなたを強く拒む
あなたがこんなにも　まだ深く慕い続け
ひとつになりたいとさえ　思っているのに

愛するあなたに　なお生きてほしいがゆえの拒否か
あなたという存在が　憎くて許せないがゆえの拒否か
思いあぐねているうちに　あなたはその人の全身像を
どこかへリアルに　描きたくなってくる

もちろん　描くにはそれなりのキャンバスが必要だ
そこであなたは　高価な白壁を試みにひとつ建て
その表面に多彩な色で　存分に描いてみようとする
しかしなぜか　顔面だけがどうにもこうにも描けない

新たに白壁を別に建て　また初めから描いてみるのだが
顔面はやはりうまく描けず　また別の白壁が必要となる
いつの間にか壁たちは　あなたの周りを幾重にも取り囲み
顔なしの無数の虚像たちに囲まれて　あなたは今日も自慰に励む

壁の向こう側で人々は　今日もあなたのことをあれこれ噂しあう
「あの人は誰かに呪われていて　常に復讐を恐れているのだ
だからあんなに何枚も　壁を必要とするのだ　これからもずっと」

年月が経てば　そんなあなたも　いずれは死者となる

その時　あなたは　ただの灰となるのか
それとも　あなた自身も　壁となるのか

もしも灰となったなら　まだ見ぬあなたの子孫たちは
あなたに向かってきっと　このように嘆くことだろう
「あなたがかくも簡単に　風に飛ばされて消えてゆくのは
わたしたちを深く愛するからか　それとも　遠ざけたいからか」

もしもあなたが死してのち　一枚の白壁と化したなら
まだ見ぬあなたの子孫たちは　きっとこのように戸惑うだろう
「この壁が　かくも高く聳えているのは　わたしたちを永久に
守りたいからか　それとも　わたしたちの視野を邪魔したいからか」

そして彼らは　あなたのその真っ白な表面に
新たにゆっくりと　描きはじめるのだ
顔面のないひとりの人間の　巨大な全身像を

アンダルシアの猫

　最近、わたしには新たな癖が増えた。しばし黙りこくったまま、自分のこれまでの人生をあれこれと振り返り、その一瞬一瞬の意味や価値をあらためて自問自答しながら、独りただ呆然と時を過ごすという、地味ながら厄介な癖である。もうすぐ五十歳になろうとしているせいかもしれないが、それにしてもあまりにノスタルジックすぎるようで、自分でも嫌になる。ところがふと我に返ると、気づかぬうちにまたその癖に溺れていたりする。もしや認知症の兆しかと疑ってみたことさえあったが、とりあえずはどこも悪くなさそうなので、今ではそんな心配もどこへやら、「あの時、なぜわたしはあんなことをしたのか」「あの経験は今の自分と一体どうつながっているのか」などと、愚にもつかぬ夢想にまたもうつつを抜かす、そんな有様なのである。

　つい先日も、奇妙な夢想にまたもやふいにとらわれてしまい、仕事中であるにもかかわらず、周囲の声さえ全く耳に入らぬほどぼんやりとしてしまった。実はわたしの仕事は英語教師なのだが、授業中、使用している英語テキストの中の一つの英単語をじっと眺めているうちに、学生たちの面前で、思わずこんな自問をひっそりと心の中で始めてしまったのである……「この世界には、人知をはるかに超えた存在について神が人に向かって伝えようとする宗教的瞬間があるらしいが、宗教者でもなんでもないこのわたしの過去の人生にも、そんな一瞬がはたしてあったりしたのだろうか」……たった数秒のことだったとはいえ、いかにも突然すぎる教師の奇妙な沈黙に、学生たちはさぞや驚いたに違いない。ちなみにわたしがその時じっと見入った英単語とは "REVELATION" であった。

　その数秒間にわたしの脳裏を駆け巡った過去の一シーンには、ドラマチックなところなどかけらもなかった。さらに言えば、宗教性などどこにもなさそうな雰囲気だった。舞台は市立図書館のすぐ隣にある喫茶店の片隅。座っているのは若かりし頃の人待ち顔のわたし。その後ろには夫婦らしき外国人のカップルが一組。そしてその向こうには、日本人の親子が一組。客はたったそれだけで、あとは店内で放し飼いにされているらしき真っ黒な

一匹の老猫が、整然と並ぶテーブルの脚を縫うかのごとく、淡々と物憂げに歩くのみである。わたしの目の前には淹れたてのコーヒーがひとつ置いてあり、その横には店の名物のモンブランが一皿。あまりにも日常的な光景である。

　その日、わたしは映画を一つ観終えてからその店へ独りでやってきたのだった。観たのはルイス・ブニュエル監督の『アンダルシアの犬』である。「歴史的名作」と聞いて初めて観たのだが、あまりにシュールすぎる内容で、さっぱり理解できぬままだった。心に残ったのはただ一つ、クローズアップされた女性の眼球が意味なく急にナイフで切られるという、あの有名な（あるいは、悪名高き）冒頭のワンシーンのみであった。そのグロテスクさを早く忘れてしまいたくて、気分転換に店に立ち寄ったにすぎぬわたしのその足元で、黒猫がふいに立ち止まる。病的な優雅さでこちらを見上げるその視線は、モンブランを頬張ろうとしているわたしの口元に釘付けとなっている。水のお代わりを入れに来てくれた店主が「こいつももう寿命らしくてね、末期癌なんですよ、末期癌」と言って苦笑する。

　後ろの日本人親子はまだ若そうな母親と小学校低学年らしき男の子で、その子が大声で母親に何やらクイズを出している。

　「あのね、あるところに豚さんと犬さんがいてね、二人で一緒にデパートの食堂に行ってね、豚さんだけがでっかいピザを独りで食べてね、貧乏な犬さんはそれをただ見てただけでね、犬さんが『ねえ豚さん、次においしそうな骨をどこかでみつけたら豚さんにもちゃんと分けてあげるからさ、僕にもひと口そのピザちょうだいよ』って言ったらね、豚さんはもうおなかが痛くなるくらい食べてたのに、犬さんに『ダメだ』って言ってね、『僕がお金払って買ったんだから、これは全部僕のだ』って言ったの。それで食べ終わって二人で外に出たらね、鉄砲を持ってるこわそうな狩人に会ってね、犬さんはうまく逃げれたんだけど、おなかいっぱいの豚さんは早く走れなくてね、鉄砲で撃たれてそのまま死んじゃったの。夜になって犬さんがその場所に戻ったらね、肉がまだたっぷりくっついてる大きな骨がゴミ箱に捨ててあってね、すごくおいしそうだったんで、犬さんはそれを全部食べてとっても幸せになったんだって」

「それって豚さんの骨だったの？」と尋ねようとする母親を制するようにして、男の子がまた大声を出す。「これって何を言いたいお話なんでしょうか、って先生にこのまえ質問されたんだけど、お母さんだったら、いったいどう答える？」

　もしもそう尋ねられたら、僕ならきっとこう答えるだろうな……少々気取った感じでケーキを再び口へと運びながら、わたしは心の中で独りそう呟く。金さえ払えばなんだって完全に私有できる、そんな世の中の日常そのものをいったん根本的に疑ってみる必要がありはしないだろうか……世の中の全ての物事は、隣の図書館の本たちのごとく、最終的にはあまねく人々に共有されるべきものばかりなのではあるまいか……その犬と豚の寓話は、今の日本社会のありようを暗に皮肉っているのではなかろうか……

　ふと見上げると、わたしの隣の空席にはいつの間にかあの老猫が鎮座しており、クリームの付いたこちらの口元を、相変わらずじっと憂鬱げに見つめている。一口食べてみたいらしく、媚びるような声音をかすかに漏らす。外国種の雌猫である。もしも人間であったなら、かなりの美人だったかもしれない。

　美人と言えば、英語で議論中の後ろの外国人女性もかなりの美人である。何をしゃべっているのかと耳を澄ますと、彼女とそのパートナーたる男性の話題はどうやら難民問題らしい。ちょっと振り向いてみると、彼女はテーブルの上に紙を置き、そこに何やら部屋のレイアウトらしき図を丹念に描いている。そうしながら、彼女は相手にこう訴える。「我が家にも、まだ空いているスペースがこんなに残っている」「四人家族一組くらいなら、十分住まわせてあげられそう」……すると男性が、彼女をやんわり制しながらこう反論する。「難民の家族と同居するなんて、口で言うほど簡単なことじゃない。一緒に暮らせそうなちゃんとした難民なのかどうか、一体どうやって判定する気だ？　おまけに一体、どこから家まで連れてくる？　相手の身元とこっちの身元の確かさを同時にきちんと証明しないといけなくなるだろうし、それは間違いなく、途方もないほど面倒くさい作業のはずだ。だからといって、正規のルートを回避して、たとえば路上で難民たちに誰彼かまわず声をかけまくったりしようものなら、ひどい悪党を連れ込んだりすることにもなりかねない」

わたしは心の中でこの意見を思い切り罵倒する。この社会にはそんな狭量な意見がいまだに満載だ。まことに情けない。こんな自分本位の男なんかと結婚生活を続けるくらいなら、彼女はいっそこの僕と……そこまで思ったところで、「すみませんねえ、猫が邪魔をしちゃって」と言いながら店主が近づいてくる。黒猫の目と外国人女性の目がなぜかとてもよく似ているように感じられる。「こいつとは長い付き合いでしてね、こいつの癌の苦しみ、できれば代わってやりたいくらいなんですが、獣医に連れてっても治療をことごとく嫌がるんですよ。もっと生きたいはずでしょうにねえ」「そうですか、いやあ、お気持ちすごくわかりますよ、なんとかして痛みを代わってあげたいと思う、そのお気持ち……」

　ここからわたしの記憶は急に不鮮明になる。黒猫がすっとモンブランに近づき、その一角をしゃにむに頬張ろうとする。まるでピザを欲しがる貧しい犬のように。すると、フォークを持っていたわたしの右手が、猫の顔めがけて思い切り放たれる。「僕がお金払って買ったんだから、これは全部僕のだ」。猫の目がナイフのように魅惑的に光る。まるで鉄砲を持った狩人の目のように。豚のような自分の鼻息に、我ながら驚くわたし……そんな事実が本当にわたしの人生の一コマにあったのかどうか、いま思うとまことに疑わしい。どこかで捏造されたもののようにさえ思われる。しかし……フォークが顔に刺さったままの状態でテーブルから跳ね飛ばされるまさにその瞬間、猫の目の光がわたしの眼球の表面を刃のように切り裂く。まるで映画の一コマのように。

　いや、やはりそんなはずはない。あの時、わたしはあの癌の猫を、できうる限りやさしくモンブランから遠ざけたはずだ。フォークなど突き刺したりするはずがない。それが証拠に、店主も他の客たちも、いっさい大騒ぎなどしなかったではないか……それなのに一体どうして……フォークをぐっと握りしめ、何かを思い切り突いたかのごときあの恐ろしい感覚が、今なおこの掌にじんわりと残っているのは、一体なぜなのだろうか。わたしがもはやわたし自身の主人ではありえないかのような、どうにも奇妙な感覚。とてつもなく軽薄な何者かがわたしの過去を勝手に書き換え、わたしの知らぬ別のわたしにいきなり重罪を背負わせたかのような、喜劇とも悲劇とも呼びかねる虚ろな気分。これは「啓示」なのか？

そこでわたしはようやく我に返った。いま自分が授業中であった事実に少々たじろぎながら、開きっぱなしにしていた自分の英語テキストの上に慌てて再び目を落とす。不思議そうにわたしの姿を見つめる学生たち全員の視線が、あえて見返さなくとも痛いほど肌に感じられた。ちなみにその日、授業で読んでいたテキスト中の英文エッセイは、偶然にも世界の難民問題に関する内容であった。

　その後、授業をいつも通り淡々と進めながら、わたしは頭の片隅でこんなことをぼんやりと考えていた。もしもわたしが、市立図書館の隅っこに置かれっぱなしのまま、誰にも借りられることなく永遠に埃だらけと化している一冊の古書だったとしたら、「誰かわたしを読んで下さい、この中身はあなたのものでもあるのだから」と叫んだりするのだろうか。もしもわたしが、まだかぶりつけそうな肉片をあちこちに付着させているにもかかわらず、ごみ箱に捨てられたままとなっている一本の動物の骨だったとしたら、「誰かわたしをしゃぶって下さい、この肉はあなたの空腹を満たすためにこそあるのだから」などと呟いたりするのだろうか。

　授業終了直前、わたしは学生たちの嘲るような笑顔を見つめ直した。そして再び、テキスト中の "REVELATION" という単語に目を向けた。そこでようやく、それが見間違いだったことに気がついた。"REVELATION" かと思ったその単語は、実は "REVOCATION" だったのである。

　＊REVELATION：暴露、啓示／REVOCATION：取り消し、無効

カルテット

長かった占領期もようやく終了となり　今日は
久しぶりの独立を祝う　市民演奏会の晴れ舞台
会場はすでに満員　喜びと期待を胸に　観衆が
待っているのは人気の四重奏楽団　リーダーの
チェリストは実はあなたの前世の姿で　あとは
ヴィオラとバイオリン二つの　よくある構成だ

舞台袖で出番を待つ間　二人のバイオリニストが
小声で談笑している　第一バイオリンがまず語る
「占領中はずっと　隣町で売られていた最高級の
核シェルターを　早く買いたくて仕方がなかった」
「とても高価で　この仕事だけでは買えないから
兵器工場で核弾頭の部品運搬のバイトをしていた」

適当に相槌を打ちつつ　次は第二バイオリンが語る
「占領終了のすぐ後に　ようやくあの恋人と別れた
なぜって　気味の悪いことばかり言う人だったから
『占領者に反抗していた私は　大切な自分の仲間を
〈占領されるくらいなら死ね〉と叫びつつ殺害した
占領が終わった今　誰もその罪を問うてはくれない

あの仲間の死はいまや　殉死扱いされている　誰か
この私を罰し　無罪から解放してはくれないものか』
──あんな変人と一緒に生活するなんて絶対に無理」
隣町で核シェルターが売られていたなんて嘘だ──

殉死した元反抗者なんて本当に存在したかしら——
疑いつつチェリストは　先頭を切って舞台へ進み出る

第一楽章を弾きはじめる　その直前　観衆を見渡すと
占領に真面目に抵抗してきたような顔はどこにもない
息をふっと整えて　アレグロのテンポを心掛けながら
チェリストは始める　演奏人生の集大成を見せるのだ
強弱や緩急のつけ方がどれほど熟達し　論理重視から
感性重視へといかに変化してきたのか見てもらうのだ

第二楽章はメヌエット　弦を動かしながら　チェリストは
この曲の作曲者が占領期に「転向者」と呼ばれていたこと
そして　作曲者がこの曲を献呈した例の英雄が　独立後の
代表的「転向者」の一人であることを　ちらりと思い出す
しみじみと第二楽章を弾き終えたところで　ヴィオラ奏者に
目をやると　その眼は虚ろながら　同時に怒りに満ちている

第三楽章はアンダンテ・カンタービレ　演奏が佳境に達して
チェリストの心に悦楽の稲妻が走りだしたところで　驚愕の
事実が発覚する　愛読書がチェーホフの戯曲であることから
「チェーホフ」の愛称で親しまれているあのヴィオラ奏者が
演奏しているかのように見せつつ　演奏を拒否しているのだ
バイオリン奏者も観客も　なぜかそれに気づいてないらしい

第四楽章に入る直前　「どうかしたのか」とチェリストが
小声でささやくと　「チェーホフ」は無表情のまま　同じく
小声で「負けるときは　最後まで徹底的に負けきらないと
いけないのに　安易に勝ったような気になっては駄目なのに
ちゃんと我が身を省みて　しっかり屈辱しないとまずいのに」

と答えるばかりで　取りつく島もなく　再びアレグロとなり

強姦の被害者のような顔の「チェーホフ」を　まるで和姦の
幸福感に酔い痴れる芸術家のごとく受け止めながら　観客は
不協和音へと堕ちていくばかりの　最後の楽章を聴いている
不安におののくチェリストの視界の中で　「チェーホフ」が
なぜか笑っている　満面の笑みだ　なにが正しさだ　なにが
成長だ　強弱？　緩急？　感性重視？　笑わせるな──その笑顔に

弦を動かすチェリストの腕が急に追随しようとして　本人を
驚かせる　ゴールもテーマもかなぐり捨てて　腕だけがこの
舞台から去ろうとしている　このまま弾き続けるべきなのか
それとも「チェーホフ」を見習うべきか　引き裂かれそうに
なりながら　チェリストはかろうじてまだ舞台の中央にいる
占領は本当に終わったのか──という問いはタブーのままで

ケ・セラ・セラ

わたしの裸体に　キスの雨を降らせながら
「ここにいてはならない」と　あなたが言う
屋根がなく　満月さえ見える　この地底で
「わたしをもう愛してはいけません」と言う

死者になった気分で　床に仰向けに寝そべり
見上げると　天へと抜ける　あの穴の周囲は
覗き魔たちでごった返しており　真下で続く
二人の痴態を　固唾を飲んで見下ろしている

あなたなしでは生きていけないと知りつつも
あなたの言うとおりにせねばとも思いなおし
未来のあなたをできるだけ醜く妄想してみる
「早く始めろ」と囃す　上空の声を無視して

どこまでが首でどこからが胴体かわからぬ巨体
胸の上にどっさりと垂れた　土偶のごとき乳房
象のような自らの手足を　優しくさするあなたは
「何を食べてこうなったのか」と　嘆くわたしに

「星たちです」とだけ答え　そのまま　ふわりと
浮遊するのだ　そして月光の中へ溶けていくのだ
星がひとつ咀嚼されるたび　わたしの怒りは減り
彼方でのあなたの肥大化が　世界に新秩序を齎す

浮遊し続けるあなたの姿が満月と重なったところで
妄想は消え　闇の中　あなたのキスはなおも激しく
「もっと淫らにやれよ」と怒鳴る　覗き魔の一人が
岩を投げ落とすと　わたしの頭から血が滴り落ちる

「おまえら　マイノリティならマイノリティらしく
激しく交われよ」と叫ぶ　頭上の見物客たちの中に
一人だけ無言のまま　立ち尽くす青年がいる　一方
わたしの次なる妄想は　極貧に喘ぐあなたを見出す

世間から「癌細胞」と馬鹿にされ　襤褸をまとって
森を独りさすらうよぼよぼのあなたへ　「介護施設に
なぜ入らないのか」と　蔑みの視線を投げるわたしに
「あなたもわたしも　死ぬべき時に死にきれなかった
細胞たちなのです」と　あなたは静かに答え　そのまま

一軒の廃屋へと入っていくのだ　「ここを独りで改修し
わたしだけの城にする　莫大な費用がかかるだろうけど
絶対に何とかする」　そう高らかに言い放ち　あなたは
大声で　ドリス・デイの「ケ・セラ・セラ」を歌うのだ

遠ざかるその歌声が　わたしの肌に触れるあなたの唇の
音と重なるうちに　妄想は消え　あなたを求める思いは
さらに強まり　覗き魔たちは　進展のなさに深く失望し
次々に穴から立ち去っていき　あの青年だけが残される

「そんな地の底に一体いつまでいるのか」と　青年が問う
「もうすぐ　重大な選挙が　行われようとしているのだぞ
我々の憲法が　きたる戦争への賛否が　本土復帰の是非が

問われようとしているのに　君らは無関心を決め込むのか」

闇の中でその声を聞きながら　わたしは再び妄想するのだ
死病に侵されて断末魔の　見るも無残なあなたの将来の姿を
あなたの性欲の消滅を確かめようと　陰部へと手を伸ばすと
この指をべとべと濡らすのは　病巣から沁み出した血なのだ

恐怖するわたしに　「あなたが生まれ変わるための血です」と
あなたは囁いて　この指を再び陰部へと誘うのだ　その妄想を
青年の怒声が切り裂く　「君らは　何のために生きているのか」
闇から囁き声がする　「分け入っても　分け入っても青い山」

あなたもわたしも　蒼き月光に操られた人形なのかもしれぬ
そしてここは　全ての罪人を優しく受け入れる飛び地なのだ
「平和」「独立」を熱弁するあの青年に　この痴態の語り部に
なってもらうとしよう　キスの雨は当分　止みそうにないから

ターン

ひとりの女が病院の正面玄関を、独りぼっちでくぐろうとしている。長いこと通院を続けてきたなじみの病院のはずだが、今日に限って、なぜか建物全体が異様に恐ろしく見える。

地面がこんなにも揺れているのに、どうして誰も気づかないのだろう。この建物にいったん入ってしまったが最後、圧死は絶対に免れえないはずなのに、どうしてみんな平気で入っていくのだろう。この建物に限った話ではない。どれほど愛着のある家屋であろうとも、この非常時には人殺しの道具になりうるのだ。みんな、どうしてそれに気づかないのだ。

そう思いながら、女は自らの体を支えるかのように片手をずっと壁に這わせつつ、そろりそろりといつもの診察室へと向かう。

毎度おなじみの医師がじっと見つめているのは、彼女の体のレントゲン写真である。今日は肝臓の写真のようだ——この前はたしか肺で、そのひとつ前は膵臓で、そのひとつ前はたしか子宮だった——そう思いながら、彼女もその写真にじっと見入る。

病巣部分を指さしながら、医師が何事かを懇切丁寧に告げはじめる。ところが今日に限って、女の耳には彼の言葉がほとんど入ってこない。かろうじて聞き取れたのは「余命宣告」という言葉だけである。この一語だけが、今まで一度もこの部屋で使用されたことのなかった語彙である。残りの言葉はもう何度も聞いたものばかりのはずである。

病巣部分の黒い影をじっと見つめているうちに、彼女にはそれが巨大な沼のごとく思えてくる。さらによく見ると、その沼の表面には、微妙な色の分かれ目があちこちに存在している。黒っぽい赤の隣に赤っぽい黒、その隣に赤と黒の中間の青……といった具合に。

女の連想はすかさず、彼女が愛してやまないマーク・ロスコの絵画へと飛ぶ。赤一色の画

面に黒みがかった別の赤がただ浮かぶだけの、長方形のキャンバス。白と緑と朱色の三つの異なる広がりが、たまたま出会っただけのような巨大な画面。何ら具体的なかたちを持たない色たちが跋扈するのみのロスコの世界へと、無性に入っていきたくなってくる。

急に医師の声が、彼女の耳に明瞭に届く。「診断書にはあえて『放射能汚染が主原因』と書いておくことにします——本当の主原因はどうやらそうではなさそうなのですが、そう書いておけば、国の優遇措置がいろいろと入手可能になりますから——たとえばですが、国を挙げて盛り上がっているいま開催中のオリンピック、どの競技もどの会場も、必ず無料で観覧できるそうですよ——それもいちばん良い席で、おまけにお好きな時にいつだって」

いつの間にか、女はオリンピックの水泳会場へと向かっている。とはいえ、今度は独りきりではない。一緒に歩いているのは、彼女と同じく「放射能汚染」の認定を正式に受けた患者たちばかりである。

スタジアムに向かってとぼとぼと歩を進めながら、患者のひとりがふいに声を荒げる——「こんな非常時にオリンピックだなんて、どうして引き受けたのだろう、この国は！」すると、他の患者たちの口からもいろんな意見が飛び交う。「すでにかなりの数の国民が海外に逃亡したらしい」「そのニュース、みんなもう知っているのに、テレビも新聞も全く触れないね」「わたしたちはみんなすでに汚染されてしまっているわけだから、もう逃げなくてもいいよね」「もしかすると私たちこそが勝ち組で、逃げる人たちの方が負け組なのかもね」

指定された最高クラスの観覧席に一同そろって腰を落ち着けるやいなや、眼下のプールで個人メドレーの決勝がスタートする。しぶきをあげて一斉に飛び込む、筋骨隆々の選手たち。女の耳元で誰かがつぶやく——「あの選手たち、人間みたいだけど実は全員アンドロイドらしい」「おれたちを診てくれている医者たちも、実はみんなそうらしい」

選手一人一人の苦闘を追うことに早くも疲れてしまった女の視線は、次第に長方形の青いプール全体をぼんやりと見渡す方向へと誘われていく。「なんだ、これもロスコの絵じゃないか」——彼女がそう思った途端、青一色と思われていた眼下の長方形に、赤、緑、黒、

その他さまざまな色の広がりが、まるで花壇を埋め尽くす花々のように、水面のあちこちにぽつぽつと出現しはじめる。

「さあ、あなたもどうぞこちらへ」と、誰かが彼女に優しく呼びかける。「はい」と軽くうなずいて、女はプールの中へといそいそと入っていく。すでに彼女は一糸まとわぬ裸体であり、痩せ衰えたその手足からも、しなびてしまったその乳房からも、いまにもどさっと抜け落ちそうなその頭髪からも、何か得体の知れぬ空気が、会場全体へ向けて堂々と誇示されはじめる。

超満員の観衆がそれをただ羨ましそうに見ている。しかし誰もまったく動こうとはしない。金縛りにあったかのごとく、なぜか体がまったく動かせないのだ。

無人のプールを、女は独り悠々と泳ぎ続ける。わたしもアンドロイドなのだろうか。それとも、このまま白骨と化すのであろうか——何度ターンしたのやら、彼女はもはやまったく覚えていない。

ただひたすらに

取り壊しが決まった　町のはずれの
古い小さな祠の裏にただ立ち尽くす
背丈の低い御神木の枝という枝には
セピア色の短冊が無数に垂れ下がり
どの短冊にも　古めかしい筆遣いで
みそひともじが走り書きされている

一組の若い男女が　そこに迷い込む
男が言う「これらは全て　父が生前
下手の横好きで　詠んだものばかり
誰に見せるでもなく　ただこっそり
ここにこうして　一つ一つ結んでは
父はよく独りでぼんやりしていた」
男の父親は彼に瓜二つだったらしい
女が短冊を一枚一枚読み進めていく

この先は断頭台か花園かダイス転がせ道捨てし夜に

森陰で凍ゆるわれに「若輩よ屹立せよ」と凄む樅の樹

男が言う「今まではここが大嫌いで
父の短歌など　読みたくもなかった
けれどなぜか　君とだけは二人きり
ここでこうして佇んでいたくなる」
男と歩んでいくこれからを想いつつ

女が二枚の短冊を枝からそっと外す

天を分かつ冬と春との境界を舞ふ鶯とわが生き様との差

児を宿す夢に焦がれし君に背を向けてさすらふ愚か者の譜

まるで位牌をさするがごとく　男が
その二枚をなでながら　別の短冊へ
目を移すと女の視線もそちらへ動く

夜もすがら君の帰りを待ちわびて星を数へぬただひたすらに

あの角を曲がりて姿あらはせる君を夢見てただ立ち尽くす

二人が手を繋ぐと　祠の鈴が鳴った

トンネル

遠くの人たちと　いつまで経ってもわかり合えないことに
ただ泣き疲れてばかりいたあの日のわたしに　救いの手を
くれたのは　それまで一度も挨拶すらしたことのなかった
わたしの家のすぐ裏に住む　独り暮らしの平凡な　中年男
古びた彼の家の庭には　わたしの知る限り　ただの一度も
花を咲かせたことのない桜の老木が一本　見事な枝ぶりで
立っていて　中でもとりわけ太い　地上２メートルほどの
枝には　これまた古びた太い縄が一本　縛りつけてあった
初めて彼と話した時　彼はその縄で首を吊ろうとしていた
慌てて止めようと駆け寄ると　彼は「ただの趣味ですから
気にしないで下さい」と言い　そのまま本当に首を吊った
恐ろしく脱力していく両手と両足　鬼気迫るその目　泡を
吹く唇　震えながら様子を見守っていると　しばらくして
もがきながら首を縄から外すと　男は庭に尻もちをついた
聞けば毎晩　真夜中すぎに　一度も欠かすことなく　首を
吊る真似をしているらしい　「死人にしか見えなかった」
と正直に告げると　彼は少しはにかみながら　黙って家に
戻った　以来　深夜に時おり　彼の庭で会う仲となったが
「なぜそんなことを日課にするのか」と彼に問うてみると
「重力のおかげで昔の自分に会えるからです」と答えたり
少年だった頃の自分が「この桜の木を仰ぎ見つつ　未来の
自分をたえず思いあぐねてばかりいたのです」と答えたり
首を吊るたびに「わたしはあの子に　未来に確実に起こる
出来事を一つずつ　教えてあげるのです」などと答えては
わたしの前で堂々と　迫真の自殺演技を見せてくれるので

毎回その度に　冗談半分に　「今日は何を教えたのか」と
尋ねると　あまりに首を吊りすぎたせいで　歯を全て失い
まだ若いのに髪がすっかり白くなっているにもかかわらず
見たこともないような生き生きとした目でこちらを見つめ
彼はある晩にはこう答えた：「いつの日か君は　『他人と
違うように生きろ』という声と『他人と歩調をそろえろ』
という別の声に挟まれて　心を病んでしまうだろう……
そう言ってやりましたが　ただきょとんとしておりました」
別のある晩にはこう答えた：「いつの日か　君は生涯を通じ
唯一愛することになる女性と会うが　何かを恐れる彼女は
君になかなか本心を　打ち明けようとはしてくれないのだ
絵画を観るのが唯一の趣味の彼女と　君は様々な展覧会に
出かけるだろう　彼女と最後に観るのは　ヒエロニムス・
ボスの描いた『天国』の世界と『地獄』の世界で　そこに
あふれる無数の怪しいペルソナたちをじっと見つめながら
ぼそりと彼女が『私もこんな居場所がほしい』と呟くから
その瞬間　君は絶対にこう言わねばならない……『僕が
その居場所になるから』と」　その女性はどうなったかと
尋ねたところ　ずいぶん前に　亡くなったという　死因は
「聞かないでください」と言いつつ　彼はまたもや静々と
首を縄にかけた　あの瞬間　言わねばならなかった言葉を
あの時　結局言えずに終わった言葉を　昔の自分に何とか
言わせるために　彼は毎夜　死を演じたのだ　仕事で彼が
不在の庭に　垂れ下がる縄の輪は　重い昨日と遠い明日を
ぎりぎりつなぐトンネルのようだった　その後　わたしは
転居して　首吊り男との交流も途絶えた　最後にわたしが
彼に言ったことばは　一言　「わかります」だった　彼は
「うれしい嘘をどうもありがとうございます」と答えた
首を吊ったばかりのその顔は　とても晴れ晴れとしていた

こんなわたしにも　いつの日か
生涯を通じ　唯一といえるほど
愛してやまない人間が　現れて
くれるのかもしれない　彼女と
ヒエロニムス・ボスの　作品を

ともに観たりもするのかもしれない　彼の大作の　隅っこに
首を吊る　孤独な男の姿や　性行為のさなか　愛する女性に
首を絞められながら悦楽を極めんとしている　裸の男の姿を
発見したりもするのかもしれない　わが人生最後の家の庭に
彼女は立ってくれているだろうか　それとも　桜の木が一本
ただ立っているだけだろうか　もしも後者だとしたら　その
桜の木にも　やはり花は　一つも咲いてくれないのだろうか

はなして

ドン・キホーテになったような気分で
わたしは今日　やっとここまでたどりついた
この胸一杯の愛を　洗いざらい正直に告白すべく
照りつける真夏の日の下　相手の姿を捜し求めて
とぼとぼと歩むうちに　わたしの足はなぜか海辺へと向かい
今ようやく　水際にひとり佇むあの人の姿を見出したのだった

あの人の足元には
数日前の台風のせいで　岸に打ち上げられた
一匹のウツボの陰惨な死骸が　長く伸びている
その両目はなぜか潰れていて　肌の模様はまるで嵐の跡のようだ

大きく開かれたウツボの口からは
美しい色をした小さな熱帯魚の半身が
無残にも飛び出たままになっている
呑み込まれまいと必死で拒むうちに　結局ウツボと運命を共にしたわけだ

あの人が　ウツボの腹を何度か軽く蹴ると
夏空一面に　ウツボの前世の姿が大きく映しだされていく
それは人間の男の姿をしていて　世間が「死の灰の場所」と呼ぶ無人の街へと
まさに今から　たった独りきり　旅立とうとしている場面であった

「どうかわたしを捜さないでください」
――そう置き手紙をして　深夜に家を離れた彼は
かの地で「死の灰」を清掃する仕事に　残りの人生を捧げるつもりでいたのだ

無休かつ無給のまま

ゲットーのごとき一角にあえて住みこみ

体の異常に怯えながらも　灰を毎日吸いこみ

最後は無縁仏になったって構わないと　思い定めて

激務に怒る仲間たちを　静かに横目で見つつ

掃除器具を単調に動かし続ける　そんな毎日へと自ら向かおうとしているのだ

にっこり笑う彼の歯は　ウツボの牙と同じくらいまぶしく白い

蹴られたウツボの口から

やっと解放されたばかりの熱帯魚の顔は

すでに溶けかけてしまってはいるものの

その眼球だけは　まだ深海の碧さを湛えていた

その表面に　この魚の前世の姿が浮上してくる

それは両目を失明し　失意のどん底にある人間の女の姿であった

愛する彼女をなんとか喜ばせたいと

彼女の夫は　家の周りに

一本ずつ　自力で花を植えはじめたのだった

毎日欠かさず　何十年もかけて植えていくうちに

やがて　二人の住む町の全てが巨大な花畑と化した

彼女には　どの花もまったく見えはしなかったが

それでも彼女は時おり　花畑の只中にその身を深くうずめては

まるで海に包まれるような気分を　秘かに楽しんだのだった

ウツボと熱帯魚を見下ろしながら

あの人がふと身をすくませる

あの人を思わずそうさせるのは

死を前にしてなおも小魚を食らおうとしたウツボの執念なのだろうか

嵐の日にウツボの目前にその身を投げ出した小魚の不運なのだろうか
それともこの二匹を同時に冷酷に排除したこの海の碧さなのだろうか

あの人を背中からぎゅっと抱きしめて
「一生をかけてあなたを守る」と告げるべく
背後からずんずんと近づいていくうちに
このわたしにもようやく見えてくるのだ
あの人の足元に　幻のごとくごろりと転がる
人間の男たちと女たちの　無数の死体が

ぎょっとして立ち止まるわたしに　ようやく気づき
ゆっくり振り返ったあの人の　小さな口が静かに開く
「はなして」——「放して」と言ったのか　それとも「話して」なのか
考えを巡らしはじめるやいなや　とたんに　波は再び激しくなって
ウツボと熱帯魚の醜い姿を　再び海中へとひた隠してしまう

一等星

そろそろ　そのかわいらしい熊のマスコットの着ぐるみを脱いではどうだ
汗だくのその体を　今からわたしがじっくりと　マッサージしてあげよう
今日も長いこと　心の底に隠し持っている凶暴な自分を　あなたは存分に
世にさらしてさんざん動き回ったが　小さな子供たちや　その親たちには
あなたはただのユーモラスな面白い熊でしかなく　あなたは彼らの笑顔を
熊の顔に小さく空いた　まるで宇宙のかなたで小さく輝く一等星のような
あの光射す二つの穴から無表情で眺め続けていたのだろう　さあ脱ぐのだ
裸でここに　うつぶせに横たわるのだ　あなたの体が男か女か　それとも
それ以外の性であったか　いまのわたしには　もはやどうでもよいことだ
何であろうと　心を込めて　全身をくまなく揉みほぐしてあげよう　掌に
オイルをつけたら　つい今しがた　死んだばかりのように微動だにしない
あなたの疲れたその両足の裏　踝　ふくらはぎ　そして　太ももに向けて
時間をかけて　優しく丹念に　精一杯のわたしの愛を吹き込んであげよう

ようやく下半身への施術が全て終わり　汗だくの額を拭いながら　今度は
腰から背中にかけて揉みほぐそうと　あなたの臀部の上に跨ったところで
やっと気づいた　あなたの裸体が少しずつ透明になりはじめていることに
そして　あなたの下腹部の中で渦巻く深い靄の中から　真っ黒な小宇宙が
その姿をこちらへ垣間見せていることに　人間らしかった下半身とは違い
あなたの上半身はなぜかひどく機械じみており　休みなく動く　わたしの
指はすでにひどく痛み　汗の量も尋常ではなくなっていたが　なお懸命に
施術に励むうちに　その宇宙の闇から　まるで胎児の誕生のごとく何かが
生まれ　あなたから逃走を始めたのだ　一見それは　二人の人間だったが
よく見ると二人は　腰の辺りで肉体がくっついており　四本の手と四本の
足を持つ一人の人間ともいえた　一方は美しい顔つきの女で　もう一方は

醜悪な顔つきの男で　二人はもつれるような足取りで　何十年にも及んだ
牢獄生活から自由になれたことをまだ喜ぶ暇もないまま　全力でここから
走り去っていったが　その二人を追いかけるように　覆面をした何名もの
警官のごとき者たちが　みな武器を片手に　やはりあなたのあの宇宙から
次々と抜け出していくことに　わたしは気づけなかった　わたしの視線は
あなたの背から脇へとすべるようにほぐしていく自分の右手と　あなたの
首筋を這うように蠢く自分の左手にのみ　向けられていたからだ　すると
あなたの腹の底から「あんな劣った生命こそ　保護するのが国の役目だ」
という声と　「あんな生命は国にとって無用なだけだ　国外追放でよい」
という別の声が蚊の鳴くように同時に聞こえ　わたしの手もふと止まった

警官らはあの逃走者を連れ帰るつもりなのか　それとも抹殺する気なのか
いずれにせよ　逃げる男女は汗をだらだらとかきながら　地下へと奥深く
続く無人の洞窟の入口にたどり着くと　走り疲れた双頭四足のその肉体を
しばし休めた　左側の醜悪な男は　反対側の女の美しさが恋しくてならず
腰の接続部分を切り離すことを嫌がっているものの　切り離してしまえば
もっと容易に遠くへ逃げられることも当然理解していた　一方　女の側は
怪物のような男の姿を死ぬほど嫌悪し　一刻でも早く離れたがっていたが
そのくせ　自分独りだけの力で逃亡を成功させるだけの自信がないせいで
男を切除する機会をここまでずるずると　長らくためらい続けてきたのだ

光りなき洞窟の中を進みながら　男も女も身に着けていたものを全て脱ぎ
何も見えないまま　壁伝いによろよろと歩を進めたが　とうとう道に迷い
途方に暮れて　そのまま鍾乳洞のごとき広場にぺたりと座り込んだ　女が
その昔　安らかでいられた頃のあの宇宙の暖かみを懐かしがるその一方で
男の耳は　洞窟の彼方から響いてくる小さな木霊が　追跡者の怒声なのか
それともただの幻聴なのか　懸命に見極めようとしていた　もしも本当に
追跡者たちであるのなら　「俺は奴らを絶対に赦さない」と思うのだった
彼がもし　その思いをそのまま言葉にしていたら　つながったままの女は

73

こう答えたであろう　「わたしは赦せる　だって同じ宇宙の仲間だから」

やがて二人は岩壁の果てに　宇宙のかなたで　小さく輝く一等星のごとく
か弱き光をうっすらと漏らす　二つの裂け目を見出すであろう　醜い男が
左の裂け目から　そして美しい女が右の裂け目から　壁の反対側を覗くと

男の目には　熊のごとき獣をやさしくマッサージする　白髪の老人が見え
女の目には　何も存在していない空間を揉みほぐす　顔のない人間が見え

施術も終わりを迎えようとする頃　わたしからあなたの体へと落ちる汗は
あなたをさらに美しくしたかと思うと　一瞬にして乾き　姿を消していく

汗とともにわたしの体は溶けるのみだ　鍾乳石のような沈殿も生長もない
そして最後に　あなたの下腹部の小宇宙に　再び一等星が　姿を現すのだ

自動販売機の歌

夢からいったん目覚めてしまうと　人は死んでしまうものらしい
あらたに生き直そうとするならば　また再び　眠るしかないのだ
だから
もう一度　目を閉じてみた　するとわたしは　傘もささずに
豪雨の中を　ただ独りきり　夜の路上に佇む身であったのだ

闇にすっぽりと包まれたこの界隈で　光を発しているのは
もはやこのわたしのみ　他の者たちはみな深い眠りの中だ
そして
わたしの白い巨体からは　まるで死に瀕した人間の呼吸を思わせる
低音が断続的に闇へと漏れて　滝のような雨の中に消えてゆくのだ

わたしの目の前に建っている一軒家　その二階の奥の部屋では
ひとりの父親がまだ幼いわが子を　闇の中　寝かしつけようと
ぼそり
ぼそりと　前の晩に自らが夢で見たという　ひとりの男の物語を
その子の耳元で　ずっとずっとささやき続けているのだ　それは

残りの一生を終えるまでの間に　一度くらいは　誰がどう見ても
「善人」としか思えない行為をしたいと　切望していた男の話で
ある日
彼は　ビルの屋上から落下してくる赤ん坊を　地面に激突する寸前に
素手で受け止めて救ってやれないものかと　妄想しはじめたのだった

だが　そんな機会は簡単にやってきそうもないので　男はわが子を

ビルの屋上から落とすことにしたのだ　自分が地上で　両手を広げ
じっと
待っている間に　彼の昔なじみの親友が　彼の希望通り　屋上から
愛するわが子を落とすのだ　ああ　落ちてくる　ものすごい速度だ

雨は滝のように天から落ち続け　規格通りに製造されたわたしの体を
激しく打ち　落ちてくるわが子を　受け止め損ねた　あの男の末路は
もはや
語るまでもなく　父親は　まだ言葉を知らぬわが子の耳元で　そっと
ささやくのだ　「彼の昔なじみというのは　実は　おまえの父さんだ」

わたしの目の前に建つ　この一軒家から　ひとりの老人が　外に出てくる
まるで　別れて久しいわが子に　やっと会いに来た放浪者の父親のように
すでに
誰も住んではいないはずの　廃屋のこの一軒家からのそのそと　こちらへ
歩いてくるのだ　こんな時間に　わたしから一体　何を買おうというのか

傘もささずに　老人はずぶ濡れのまま　わたしの体から漏れ続けている
不快な低音に耳を澄ますと　「あいつの寝息のようだ」と言って微笑む
そして
ポケットからじゃらじゃらと硬貨を取り出して　どの商品を買おうかと
思いを巡らしはじめるのだ　こんな男がわたしの父親であるわけがない

老人の独白はなお続く　「死体が腐っていく様子を　そのそばでじっと
不眠不休で見つめ続けるという仏道の修行を　ずっとやり続けたせいで
なんと
どの食物もいまや芋虫にしか見えず　どの女もいまや髑髏にしか見えず
もう　何も欲しくはないのだ　おまえがわたしの子供であるわけがない」

わたしから放たれる　この淡くて白い　光の海が　豪雨の闇の只中を
ずっと先まで照らし出していく　この街は全てこの海の創作物なのだ
やっと
硬貨を入れ終えて　老人がボタンを押す　そして　欠陥商品とは知りもせず
欲にまみれた顔つきで　わたしが落とす品物を　有難そうに手で受けるのだ

冗談

月曜日——突然　我が家に
誰かの「心」が　宅配便で届いた
差出人の名前には　全く見覚えがなく
同封されていた　短い手紙には
「饒舌な失語者の男性へ」と
走り書きが　ただあるばかりで
「どこかの幽霊からかな」と冗談を言うと
宅配業者は　にこにこ笑いながら
「この辺りも　かなり復興しましたね
これならもう　幽霊は出ませんな」と答えた

火曜日——昨日届いた　例の宅配便の中身を
箱から取り出すや　「心」は巨大化して
扉がいくつもある　一軒の館へと姿を変えた
扉のひとつを開けて　中に入ってみると
ひとりの女が　まさに縫物の最中で
多彩な色の糸は　少しずつ組み合わされて
模様はいつか　美しい花となり
ひとつひとつの花の周囲は　闇と化して
闇が濃くなるほど　花はますます輝き
女がぼそりと言う　「あの時からずっと
何もかもが　止まったままなんです」

水曜日——次の扉を　戯れに開けてみると
「またおまえか」と　急にどなられた

「初めてお会いしますが」と答えると
「昨日もここに来たじゃないか　たしか
人口抑制を目的に　自殺希望者を手助けする
会社のセールスマンだとか　言ってたよな」
「いえ　違いますよ」と答えると
「世界を変えたいなら　おまえがまず変われ」
と再び一喝されたので　即座にドアを閉めた

木曜日——その次の扉の住人からは
「国のために　納税者を一人でも増やすべく
女という女を騙しては　性的関係を強要し
残らず妊娠させては　なおも逃げまわっている
例の極悪人っていうのは　おまえのことだろ」
と　またも疑われ　「違います」と言いながら
慌ててそこを離れると　延々と続く廊下には
過去も未来ももはやなく　あるのは現在のみで
まるで　得体のしれない何かとただ二人きり
ずっとかくれんぼを続けているようでもあり

金曜日——まだ一度も開けていない扉の上には
「求む　拷問担当員」の一文が厳かに書いてあり
そっと開けると　無人の部屋に自動音声が流れ
「わが社は　経験も語学力もいっさい無用です
日当一万円　九時〜五時で残業なし　ただし
基本的人権と自由が少なからず制限されます」
壁の向こうからは　痛々しく喘ぐ女の声がして
興奮しながら聞き惚れているうちに　廊下からは
「この館の住人は　みんな死者」という声がして

土曜日——廊下を独り　逆方向に引き返しながら
「死は別れではなく　むしろ祝祭なのだ」とか
「死という言葉を知らずに育つと不死になれるはず」
などと冗談を呟いていると　いきなり連行されてしまい
「視力検査」と書かれた　部屋の奥へと押し込まれた
多彩な色の大小の円が　無数に重なっている絵を見せられて
「ここに何が描かれているか言え」と　命令されたので
咄嗟に「花」と　にやけながら思いつきで答えると
拷問は予定通りはじまって　わたしは瀕死となった

最後まで　館にはなじめぬまま　傷だらけの体で自宅へと
戻ってきたわたしは　改めて宅配便の中身を見直しているうちに
自分が少しずつ　饒舌さを失いはじめていることに気づいて
「少し幽霊っぽくなったかも」などと冗談を言ってみてから
急に心配になったのだった——今日は本当に　日曜だろうか

世界がまた滅びる日に

世界がほろびる日に
かぜをひくな
　　——石原吉郎（1915−77）の詩「世界がほろびる日に」より

今朝は　市役所からの電話で　いきなり叩き起こされた
「本日はあなた様の番ですので　早速　ご出頭願います」

役所に着くと　とても美人の案内係から　まず質問票を渡された
最初の質問は　「あなたは自分に嘘をついていないか」だった

「今　あなたを癒してくれるものは何か」——これにも無回答のまま
呼吸を懸命に整えようとするが　なぜだか今日は　うまくできない

まもなく別室に通された　闇の中を手探りで独り歩いていくと　そこは
小さな劇場で　舞台上には丸テーブルがひとつと　椅子が六脚あるのみ

「ああ　またこの芝居か」——そう呟きながら　椅子のひとつに座り込むと
同じく出頭を命じられたらしき　五人の市民たちが　ぞろぞろと入ってきた

この五名の「共演者」たちも　残りの椅子に腰かける際　みな一様に
「ああ　またこの芝居か」と呟いた　舞台上の六名は　なぜかみな男

丸テーブルの上に並んでいるのは　タロットのごときカード六枚　それぞれの上に
「主人公」「飼い犬」「市役所の案内係」「亡妻」「亡き母」「恋人」と書いてある

もうひとつ　丸テーブルに置いてあるのは　今日のための台本で　表紙には
「舞台『世界がほろびる日に』」とあって　六名全員が「またこれか」と呟く

あとから来た五名の男たちは　それぞれ体のどこかに　漢字の刺青をひとつ入れており
その漢字を使い「右手」氏「左手」氏「右足」氏「左足」氏「胴体」氏　と

心の中で彼らひとりひとりを呼ぶと　まるでここにいる六名全員が　すでに解体されて
歴史から消えてしまっている収容所の跡地を久しぶりに訪ねた　元囚人の一団のようで

六枚のカードが全て裏向きにされ　六人が順番に一枚ずつ取り　ようやく配役が決まる
「右手」氏が「亡妻」「左手」氏が「飼い犬」　それから　「右足」氏が「亡き母」

「左足」氏が「恋人」「胴体」氏が「市役所の案内係」　そして残すは「主人公」のみ
「今日は君が主役か　どうぞよろしく」と「左手」が言い　「右手」が握手を求めてくる

すると今度は　天井から舞台監督の声　「皆さん　ルールはいつものとおりです──
それから　今回の使用言語は日本語のみですので　くれぐれもお間違えないように」

「右足」が　ふいに会話を始める──
「皆さんは　テッド・ウイリアムズという偉大な野球選手　ご存じですか」
「左足」が　それに応答する──
「たしか　見事な生涯成績を残した　アメリカの伝説の大打者の名前ですな」
「右足」が　うなずいて答える──
「彼があれほどヒットを量産できたのは　決して偶然の産物ではありません
ウイリアムズは確率の天才で　彼は相手の投手ごとに　ストライクゾーンを
細かく分割した分布図を手書きで製作し　どの投手がどの辺りにどんな確率で
これまで投げ込んできたのか　毎日毎日　図上に記録をつけ続けておりました
この自前のデータなしに　彼のあの伝説的記録は　絶対にありえませんでした」
「胴体」が　会話に割り込んでくる──

「前回のこの舞台は野球の話で　たしかあなたがそのウイリアムズ役でしたね」

天井から　また舞台監督の声がする——
「ここではわたしがウイリアムズであり　この舞台は　わたしのためだけの
ストライクゾーンなのであり　皆さん六名は各自　野球のボールなのであり
皆さんが私の思いどおりの場所に来れば　しっかりと打ち返してあげますが
こちらの狙ったところに来なければ　こちらはバットを出さないわけであり
ウイリアムズなくして伝説なし　ルールなくして偉業なし　おわかりですね」

台本を持って　家に帰ってからは　いつもと同じく　いたって平凡に過ごした
飼い犬に餌をやり　散歩させてやった　右手を　甘噛みさせてやったりもした
亡妻の仏壇に　新しい花を添えてやった　蠟燭をつける時に　左手を火傷した
古いアルバムを　久しぶりに開くと　亡き母の写真が　左足の甲の上に落ちた
夜は新しい恋人と一緒に過ごした　背や胸の素肌に　優しくキスしてもらった
寝る間際にふと　市役所の案内係のあの顔を思い出していると　右足がつった

雪

人生最後の詩を書いたあと　なおもこの人生が続いてくれるようならば
読みたかった本たちでこの部屋を一杯にして　ともに暮らすことにする
そんなわたしの見取り図を聞くと　あなたはしばらく考えこみ　最後に
ぽつりと「本とわたしとだったら　どちらの方がより大事か」と言った
そのあなたもこの世を去り　わたしは独りぼっちのまま老いを重ね　今
膨大な数の本のせいで潰れかけている　この苔むした畳部屋に寝ている
まるで自分が　路地に落ちている片方だけの汚れた手袋のように思えて
自分の手を見つめると　その手が何かを殴り書きしたがってそうに見え
久しぶりに毛筆を手にしてみると　無性にあなたの名前が書きたくなり
床を埋め尽くすかのごとく積まれた本たちを　何とか少しだけ押しのけ
空いた隙間に真っ白な紙を置き　墨と硯も用意して正座してみたものの
どこから吹いてくるのか　隙間風のせいで薄い紙が飛んでしまいそうで
文鎮代わりにすべく　たまたますぐ隣に転がっていた大きめの本を二冊
手に取ると二冊とも既読の物語で　一つ目のタイトルは『わが偉大なる
「おそらく」』　もう一つが『和解のための闘い』　どちらもあなたが
「ぜひ読んでほしい」とわたしに贈ってくれたものだ　そのあらすじを
久しぶりに思い浮かべながら　あなたの名を表す二つの漢字の一つ目を
まずは書いてみる　下手くそなりに静かに筆を下ろして　ゆっくり紙に
沈めていき　一本目の線をぐいっとひきはじめたところで　文鎮にした
二冊のうちのどちらかにあった一場面が思いだされる　それは名もなき
真冬の公園で　あたり一面は新雪で覆われていて　誰の足跡もそこには
まだついていないのに　中央のベンチには黒いマスクをした一人の女が
黙ったまま座っており　その公園のすぐ横を　何万という数のデモ隊が
通過していくのだが　デモ隊の中にいる物語の主人公が女に目を留めて
あんな奇妙なマスクは見たことがないと思わず言うと　隣を歩いていた

男たちも　女に視線を向けて口々に「あのマスクを着けている奴はみな
例の危険な病気の持ち主だ」「最近の流民がよくする格好だ」「それでも
きっとあれはいい女だ　口元が隠れている分　眼の神秘さがたまらない」
などと言い合う　筆は一度止まってすっと引き上げられ　また紙に沈み
次の線たちへ秩序正しく進み　右上に払われたかと思うと　次は左下に
払われていく　女はベンチから立ち上がると　「核より食」「兵より愛」
と連呼するデモ隊に向かって　急に銃を向ける　その後たしか　彼女が
生き別れとなった兄を捜して　世界を独り放浪していることが　読者へ
向けて明かされたのではなかったか　一つ目の漢字を書き終えてみると
その字はなんとも不格好で　雪のような紙の白さを泥で汚すかのようだ
ここで書くのを止めようかと思ったところで　昔あなたがよくわたしに
言っていた言葉──「強くて固い絆より　弱くて緩い絆の方が最後まで
残る」が思い出されて気持ちが変わり　筆は二つ目の漢字へと移行する
黒い点が紙ににじみ　最初の線が横へとずんずん伸びていき　次の線が
縦にしずしずと降りていくなか　文鎮にした二冊のどちらかの別場面が
ぼんやり浮かんでくる　都会らしさなど一切ない退屈な瀕死の田舎町に
暮らす主人公は　どこか遠いところから無理やりそこへ連れてこられた
若者で　おかげで心をひどく病んでおり　自分がどこから来たか　もう
思い出せなくなっている　毎日いつも気まぐれに　町中を独りさすらい
時おり気まぐれに　町のシンボルでもある真っ白な給水塔の狭い梯子を
恐怖など微塵も感じていないかのように　すいすいと登っていくのだが
鬱屈とした彼の表情も　その時だけはなぜか緩み　鮮やかな笑顔となり
真下の地上で「はやく降りてこい」と凄む警官たちの微小さを嘲るのだ
警官たちが苛立ちながら彼の愛称──「Rolling Stone」──を叫ぶとき
遠く町の外れから　「ぜいたくは敵」「要るのは兵器」と声高に連呼する
十数名のデモ隊が出現し　溶け残る雪の上をざくざくと音を立てて進む
給水塔の頂上に立った若者は　この集団の不格好な行進に笑いを隠せず
わたしの筆は最後の「止め」を無事に終え　上へとその力をすっと緩め
さっと跳ねあがる　あなたの名が目の前にようやく姿を現すと　若者も

肩の力をすっと緩め　視線をさっと上げる　黒雲たなびく遥か水平線の
その向こうには──巨大なマスクがふわりと中空に浮かんでいたような
そして　そのマスクが風の力で剥がされると　その奥には口などなくて
それなのに「兄さん」という木霊がかすかに聞こえたりしたような──
二冊の物語が頭の中で混乱するのと同時に　若者のいる給水塔の頂上と
わたしのいるこの部屋がともに　回転し続けるこの世界の静止点と化し
そして　まるで「向かい風とともに去りぬ」とでも言いたくなるほどに
公園の女の姿は見事に消えて　足跡なき銀世界の上には手袋が片方だけ
ぽつんと残されている　あなたの名前を形作る線の一本一本が　まるで
「あなたはわたしを必ず忘れる」と呟いているかのようで　「それなら
わたしはまた必ずあなたに会う」と　思わず声に出して言うと　またも
遠い記憶が蘇り　「読書って　新雪の上を歩くのにどこか似ている」と
呟くあなたの笑顔が垣間見えるかのようで　あらためて辺りを見回すと
あまりの重量に部屋はいよいよ終焉を迎えようとしている　「おそらく」

草を刈る人

はるか昔　中学校の英語の授業で
君がはじめて「受動態」を習ったとき
「能動態」との違いを懸命に学生たちに
説明する　男性教師の顔を眺めながら
なぜか君は　少し前にたまたま見かけた
ある女のことをこっそり思い出していた

この国の中で　唯一の過密都市はここであり
そしてこの街で　唯一の草茫々の地といえば
あの奇妙な女が作業していたあの場所のみだ
雑草ばかりが生い茂る　あの辺鄙な空き地で
鋭い鎌でただ独り草を刈る　彼女の足元には
錆び付いた大きな銅板が　ひとつ置かれていて
その銅板には　ひとりの男の顔が彫られていた

君が女に会ったのは　それが最初で最後だった
学校からの帰路　じっと立ち止まったまま
黙って彼女の仕事ぶりを眺めていた君を見ると
鎌を持つ手を止めて　素足で銅板をどんどんと
踏みながら　彼女は大声でこう呼びかけてきた
「ご先祖さまたちの魂が　もうすぐここに
戻ってくるから　きれいにしておかないとね」

その空き地には　墓などひとつもなかった
君がそう言うと　彼女はそれには全く答えず

まだ若いのか　それとも　もう老いているのか
判断しづらい笑顔を見せつつ　こう言い足した
「わたしが草を刈っているのか　草が草自身を
刈っているのか　それとも　わたしがわたしを
刈っているのか　もうよくわからないのよね」

「言語の世界には能動態と受動態しかありません」
何度もそう強調したあと　男性教師は黒板に
「You are controlled」という一文と
「You controlled」という別の文を大書し
「皆さん　前者が正しい受動態　後者は誤り
受動態の際は絶対に　Be動詞を忘れないで
Beは存在　存在なのです」と　声を荒げた

女はその日の草刈りを無事に終えると　夕焼けの中を
なおも佇んでいる君に　またも奇妙な話を切り出した
「この地を鳥や獣から守るために　私は　人間にそっくりの
お手製の案山子を　これまで数えきれないほど作ってきたの」
雑草だらけのこの地のどこに　農作物が植わっているのか
──そう尋ねる君の声に　またもいっさい耳を傾けぬまま
彼女はこう言い足した　「わたしが案山子を作ってきたのか
案山子が案山子を作ってきたのか　わたしがわたしを
作ってきたのか──ねえ　あなたも案山子じゃないかしら」

この教室にいる人たちは　一体どちらなのだろう──

「この銅板の男はね　わたしの体を愛しすぎたせいで
死んだ後もずっと　わたしの素足で踏まれていたいと
願いながら死んでいったの」──彼女はそう言っていたが

君にはその男が君自身のようにも　神様のようにも見えた

あの英語の授業から数年後　あの空き地は役所の命令で
立ち入り禁止処分となり　柵で完全に囲われてしまった
彼女は「病気」のせいで街を追われたと　君は噂で聞いた

そういえば別れ際に　君は彼女と　握手を交わしたのだが
彼女の手の感触が薄気味悪かったせいで　それ以来　君は
ひどい潔癖症となり　いまだに誰の体も触れられぬままだ

いま君が　久しぶりにあの教師の顔を思いだそうとすると
なぜか　あの草刈り女の顔と　だぶってしまいそうになる
「受動態」を教えられたあの日の授業以降　君はすっかり
英語嫌いとなってしまって　いまだに英語は喋れぬままだ

中途半端な欲望

愛した女の幽霊のあとを追い　大河の水面を歩いて渡ってきた
ひとりの男が　ようやくたどり着いたのは　二人でよく行った
彼の家のすぐそばの　巨大なスーパーマーケット

幽霊が生前　愛してやまなかった　檸檬をひとつ
久しぶりに買ってやろうかと思い　男がレジに並ぶと
「お支払いは　詩でお願いいたします」
との貼り紙があり　レジの店員いわく
檸檬一個の値段は　「断片的な五連の詩」一篇らしくて
男はいま　慌ててこの詩を書いている

店内に連なる無数の襞のひとつから　幽霊の震える声がする
「文脈がないと詩が書けない——そこがあなたの弱点　だけど
その弱点のせいで　わたしはあなたを　あれほどまでに愛せた」

「あと数秒で　檸檬が爆発してしまいますので　いますぐお支払いを」
急かす店員の頰を　男が本能的に殴りつけると
店員のからだは　無数の微粒子と化して　空中に散在し
そのまま　幽霊の潜む襞の中へと　するする吸い込まれていき
店中に幼児たちの　はしゃぎ笑う声が渦を巻く

「どうか赦してくれ」と念じながら　檸檬をレジの台の上に残し
店を飛び出した男の目の前に　再び　あの大河が立ちはだかる
はたして彼は　今度も渡れるのだろうか　いや　それよりもまず
どうしてこの詩には　かくも文脈が存在しているのだろうか

投票日

「帝国」の大通りにぽっかりと空いていたマンホールの穴からうっかり落ちてしまい
幸運にも無傷であったにもかかわらず真っ暗闇の地下で長いこと気を失っていた男は
ようやく目覚めたもののあれから一体どれくらい時間が経ったのか全く見当がつかず
ドストエフスキーがかつて描いた地下室の住人のごとく闇の中で独白を続けるうちに
そろそろ「帝国」の将来を担う大事な選挙の投票日なのではないかとやっと思い出し
いつの間にか塞がれてしまっていたマンホールのあの穴の場所を何とか見つけ出して
そこにぶら下がり渾身の力で蓋をこじ開けて再び路上に這い出ると目の前が投票所で
今回の選挙の候補者は現職ただ一人でその男のスローガンはまたも「進歩と平和」で
投票会場は投票用紙を手にして祝祭気分の多くの市民たちですでにごった返していて
地下から来た男には彼らが皆「誤審による冤罪でずっと服役中の囚人」にしか見えず
満面の笑みを湛える現職候補者の巨大ポスターを飽かず眺める市民たちの姿はまるで
仮釈放されてはいるものの法的にはずっと死刑囚のままの老いた認知症の冤罪者らが
はるか昔に自らを冤罪にした裁判官の死に立ち会い「赦す」と呟いているかのようで
地下にいる時は一度も笑うことがなかった男が久しぶりに苦笑を禁じ得ないでいると
無傷だったはずの利き腕にはいつの間にか得体のしれぬ巨大な茶色いかさぶたがあり
投票用紙とペンを手にしたままその奇妙な形象をじっと眺めているうちにかさぶたが
一冊の本となって「あなたにはこの痛みは耐えられまい」と挑戦してくるかのようで
本を開くと物語の主人公は深夜の砂浜に独り座り込んでいる女で彼女の意識の流れが
「産卵のために海亀がここへ上陸してくるのを寝ずに待ちたい」という気持ち以外は
ひどく混線して描かれているのでその意図と前提と背景を探るべく男は精読に努めた
矛盾点を批判的に見つめたり過去の名著たちと比較してみたり書かれていないことを
あえて推測してみたりしつつ「素直に読むのだ」「自分の感情をぶつけたりするな」と
自戒さえして読み進めてみたもののどうして女が海亀をかくも待たねばならないのか
そしてなぜ海亀がいつまで経っても一匹も姿を見せぬままなのかなかなか理解できず
本のあちこちに書き味の良いペン先で印をつけてみたり線を引いてみたりするたびに

まるで眼に見えない何者かが愛撫にわなないているようでそれがこの本の著者なのか
それとも地下からやってきたこの男の本来の自己なのか見当もつかぬまま本を閉じて
改めてかさぶたを眺めると今度は亀の甲羅のようでもありまたは孤島のようでもあり
これまで味わったことのないようなストレスを感じつつ男はその島への上陸を試みた
産むべき卵など一つも持たぬ体で砂浜を匍匐前進するとすぐ目の前には地上最高峰の
雪山が聳え立ち男はザックをかつぐと登山靴に履き替えコンパスと地図とアイゼンを
持って頂上を目指しはじめたが実は彼は一本のロープで他の登山者とつながれていて
それが誰なのか確認をしようにもすでに周囲は猛烈な風と雪でほぼホワイトアウトで
激しい高山病と重い凍傷に耐えきれず男が下山を考えはじめても同行者はなお前進し
朦朧たる記憶の中にその人の名を探していると「あなたは死を妊娠したことがあるか」と
白一色のどこかから急に問われて答えに詰まりもしかするとこの同行者は女で彼女がいま
必死に目指しているのはおそらく頂上のなお向こうにたった一本だけすっくと立っている
樹齢数千年の縄文杉ではないかとやっと勘づいたところでその霊木に触れるがためだけに
ここまで登りつめようやく念願かなって幹に触れたものの下山途中に遭難して姿を消した
名もなき犠牲者たちのことが生まれて初めて他人事ではなくなり無数の手の痕跡が茶色く
残るその幹の一部がかさぶたとなりいま利き腕にまざまざとあることも無性に気味が悪く
男がいまだ投票用紙に何も書かないままでいると選挙監視委員の一人が「早く投票せよ」
と急かすのであらためて現職候補者のポスターを見ると「スーパーマン」を彷彿とさせる
そのたくましい姿にも「スーパーマン」のようにやはり一つぐらいは弱点があるのではと
勘ぐるうちにかさぶたが次第に女の顔となって男のことを「先生」とまるで医者のように
呼ぶのでこの患者をケアする責任を改めて痛烈に感じつつさっそくカルテを書き始めたが
彼女の声をしっかり聴いてそれを正しく書き留めていく「証人」としての心構えが足りず
彼女の話し方や身振りや笑顔や握手の強さなどが意味する内容にもいまだに理解が届かず
彼女の痛みを自らに伝染させることもままならず想像力と比喩力を鍛えようにも術がなく
結局いくらカルテを書いても出てくる主語は「患者」ばかりで「私」は一度も出ぬままで
「そのカルテの真の所有者はわたしでは？」と彼女から言われると頑なにそれを拒否して
「共感すること」「憐むこと」「逃げ出さないこと」の三つの関係性がなかなか飲み込めず
苛立ちの末これまで書いてきたカルテの束を捨て「書くよりもまず行動では？」と自問し
もうすぐ止まってしまいそうな患者の心臓を蘇生させるべく渾身の力で彼女の胸を殴ると

患者の肋骨は全て折れ彼女の顔も殴る男の顔も歪みその歪みが苦痛の故か快楽の故なのか男には判断できずとにかく処方箋だけは出さなければと「クリプトナイト」という新薬の名前を書こうとしてその紙が投票用紙であることに気づき驚いていると現職候補の笑顔のそのすぐ横にホログラムのごとくあの患者の顔が浮かび上がってきたので「彼女がもしも対立候補であったなら」とぼんやり考えているうちに監視委員がとうとう痺れを切らして「投票する気がないなら帰りなさい」と怒鳴ったので他の投票者全員がやっているように男も現職候補の名前を書きこもうとするのだがかさぶたが痛くて利き腕がうまく動かせず「新たな平和像の建設を約束します」という現職候補の提案がどうして人間の形象にのみこだわって例えば「樹木」の形象などを無視するのかと新たな疑念も浮かびペンは紙上で迷いためらい宙をまさぐるばかりなので名を書くふりだけして白票のまま投票したのだがすかさず「白票は違法行為です」とのアナウンスがあり慌てた男はその場から離れようとかさぶたをふと見るとそれは茶色くぽっかり空いたマンホールで無心にそこへ飛び込むと地下は真っ赤な血の海でその中を嗅覚だけを頼りにしながら泳ぐうちに男はいつの間にかいっぱしの考古学者となって体にべっとりとまとわりつくこの液体中に人間の長い生成の歴史を辿ろうとして初めて気づくのだここに流れているのは実は全て命の始まりの反復で始まったまま常にどこにも向かわずまた始まってはその途上のまま常にあり続けるのだと

内部被ばく

それにしても
あなたはいったいどこのどなた様なのですか？
え？　あなたがわたしの一人息子ですと？　それは本当の話ですか？
わたしに一人息子などおりましたでしょうか？

　　あなたを作っている全てのものを　わたしは自分のものにしたい
　　あなたが築いてきた他人との絆を　わたしはわがことのように考えたい
　　あなたが自らに課してきた規則を　わたしは心から尊重し受け入れたい
　　あなたを鍛えた過去の全ての愛に　わたしは丸ごと感謝の念を表したい

それにしても
どうしてそんなにもまじまじと　わたしの目を覗き込むんですか？
あなたは催眠術師かなにかですか？
もしかしてこの詩を書いているのもあなたですか？
わたしの名前はタカノゴロウといいます
あなたのお名前は？　あなたもタカノゴロウですか？
わたしの年齢？　年などもう忘れてしまいました
もうすぐ死にそうなこんな老いぼれから　今さら何を聞きたいんですか？
わたしの「秘密中の秘密」ですと？
他人のあなたなんかに語れるわけがないじゃないですか
このまま誰にも言わずに墓場まで持っていくつもりなんですから

　　あなたがわたしと出会ったことを　わたしはまるで天の配剤のように感じている
　　あなたが今のわたしに不満なことを　わたしは自分を高める試練の一つと考える
　　あなたが孤独と格闘してきた姿を　わたしはとてもまぶしげに想像している

あなたがわたしの甘さに萎える姿を　わたしは正当と思いつつ自らに問い直す

それにしても
一人息子からは常々きつく言われておるんです
「オレオレ詐欺にだけは気をつけろよ」とね
最近ずっと　そんな変な電話がよくかかってくるんです
最初の電話はこんな具合でした
「あんたの息子がとんでもない事件を起こしやがった
おかげでもうすぐ　世界大戦が再び始まろうとしている
この責任は親のあんたに取ってもらわなきゃなるまい
今から教える銀行口座に　明日までに一億円振り込め」
危うく騙されるところでしたが　運よく「詐欺だ」と気づきました
「息子はもう死んでおります」と嘘をついて　すぐに受話器を置きました
変な電話は　それから毎日ずっと　切れ目なく続きました
「嘘つくな」「息子がどこで死んだか言ってみろ」と尋問してくるのです
電話のたびに　その場で思いついた地名を適当に言い続けました
たとえば国内なら鹿児島の川内　新潟の柏崎　福島の双葉　福井の美浜
外国ならばニューメキシコ　ネバダ　マーシャル諸島　サハラ砂漠　朝鮮の豊渓里
けれども電話はいっこうに鳴りやみません　昨日もまたかかってきました
今日もおそらく　もうすぐかかってくることでしょう

　　　あなたが目の前にいない日でも　わたしはあなたを傍に感じて揺るがずにいたい
　　　あなたが苦痛に喘いでいる時に　わたしは我欲にとらわれず尽くせる人間でありたい
　　　あなたが見たもの聞いたものを　わたしは新しい世界を知る窓口にしたい
　　　あなたが人としてより高まるように　わたしはなけなしの頭と心を全力で使いたい

それにしても
嘘をつき続けるというのは　よくないことですよね？
人類にとって最大の悪は　嘘をつくことなのですから

世界で戦争が絶えないのも　結局は嘘が原因なのです
一人息子にもそうずっと言い聞かせて育ててきたのです
父親のわたしが嘘つきとなってしまっては本末転倒です
そこでわたしは　今日ようやく決心いたしました
今からこの手で一人息子を殺すことにいたします
そうすればわたしも人並みに「いいね！」をたくさんもらえることでしょう（笑）

　　　あなたが寄り添いたがっている幹は　わたしのような樹ではないのかもしれない
　　　あなたが理想とする男のあり方は　わたしからは全く発見できないかもしれない
　　　あなたがそれでも可能性を信じて　わたしをもう少し見つめてみようと思うなら
　　　あなたの期待にもっと沿えるよう　わたしは自分を変えていくことを厭わない

それにしても
どうしてわたしの体にはこんなにも　たくさんの刺青があるのでしょうか？
背中にたくさんの「わたし」や「あなた」が　刻んであるらしいのですが
誰がいつの間にそんな刺青をわたしにしたのか　いまだにわからないのです
おまけに　いったいどんな文章が刻まれているのかも　全くわからないのです
なにせこれまで　自分の背中などちゃんと見たことがない人間でしてね
どんなことが書かれているのでしょうか？　ちょっと背中を見て頂けませんか？

　　　あなたがわたしの子を宿したならば　わたしは喜んでそれを祝福したい
　　　あなたと生まれてくる子供のために　わたしは夫かつ父として精一杯に生きてみたい
　　　あなたがわたしのエゴを恐れるなら　わたしは誠意をもってその不安を消していきたい
　　　あなたがその「誠意」を疑うのなら　わたしは時間をかけて行動でそれを示していきたい

それにしても
一人息子はいまだに　この幽霊だらけの遊園地が大好きなんです
息子にとってジェットコースターは　洞窟や湿原や成層圏を駆け抜ける光の棘であり
メリーゴーランドは　聖歌隊やバッファローやローレライや海亀とともに回る渦潮で

トランポリンは　人工衛星と大地母神と牧畜の民と古代の黄金都市が跳ねる地平線で
ミニチュアの機関車には　亡命者たちと絶滅危惧種たちと精霊たちが乗り合わせており
ブランコは揺れ　象は散歩　コヨーテは踊り　砕氷船はなお進み　火山はなおも噴火し
堆積する溶岩と灰の中を　アマゾンとミシシッピーは悠々と流れ　大気は波動し続けて
滑り台は太平洋を越え　大西洋も越え　アラスカの森も熱帯のデルタも銀河も越えて続き
その中で息子はただ独り　乱反射する虹のように駆け回って遊んでおります
今からわたしは女へと変身し　この乳房から毒素だらけの乳を懸命に搾り出して
彼に腹いっぱい飲ませてやるつもりです　そうすれば息子の体はこの青空に散らばって
この長い詩も　そこでようやく終わりを告げることになるでしょう
男の詩人には女神なるものが必要なのだそうですが　それでも別れは必ず来るのです

　　　あなたがこの詩を軽薄に思うならば　わたしは何度も読み返して自分を呪うだろう
　　　あなたがこの詩に偽善を感じるなら　わたしは恥じ入りつつ真実の言葉を探すだろう
　　　あなたが言葉より態度だと言っても　わたしはあえて言葉への執着を捨てないだろう
　　　あなたがわたしを求めてくれる限り　わたしは今後もあなただけに詩を書くだろう

それにしても
あなたはなぜそこまでして　わたしが子供を作れなかった理由を知りたいのですか？
「女はみんな俗悪で無教養だと思い込みすぎたあまり　女に興味を失ったから」ですと？
「物心ついた時からずっと　いっさい性のない人生に憧れてばかりいたから」ですと？
「女の体は非物質からできており　夢の産物でしかないと決めつけていたから」ですと？
「競争に勝つこと　そして誰よりも豊かになることに多忙でありすぎたから」ですと？
どうぞ好きなだけ邪推なさってください
もうそろそろ眠りたいので　帰ってもらえませんでしょうかね
え？　「あなたはあなたの人生を肯定しているのか」ですと？
そんな下らぬ質問にばかり　頭をひねり続けるのはもう止めにして
どうです　わたしのこの乳房をもう一度だけくわえてはみませんか？

枇杷の樹

風葬を強く願った　愛するひとの遺体を背負い
あなたは今　違法行為であることをあえて承知で
生前　遺体があなたにだけ　秘かに教えていた
あの風葬場へと　とぼとぼと　森を歩いている

遺体が遺体となった　まさにあの瞬間　あなたは
それ以降の遺体の変化を見ることを自らに禁じた
それ以来　あなたは両目をじっと閉じ続けて　今
なりたての盲人のごとくよろよろと　現実の重さに

じっと耐えながら　遺体が生前　一人きりでよく
さまよっていた　古代の風葬場たる　あの谷へと
急いでいるのだ　記憶の中ではまだ裸体のままの
療養中の遺体の姿を　眼を閉じたまま　眺めつつ

死病のせいで　腫瘍マーカーが飛躍的に増大しても
遺体はあの頃　「私は死へ向かっているのではなく
新生への道を歩いているのだ」「マーカーが上がるのは
毒がどんどん抜けているからだ」と常に言い張った

手術をいくら薦められても　「科学は不要」と断り
遺体は最後まで　独学の治療にこだわった　それは
枇杷の葉をできうる限り摘み集め　患部のみならず
自らの裸体の至る所に貼りつけて　その一枚一枚の

上から炎をすえていくというもので　遺体が頼りに
していた枇杷の樹は　あなたが向かっている　あの
谷底の風葬場に屹立している　あの樹のみであった
「あの樹だけは裏切らない」が　遺体の口癖だった

死ぬ間際まで　遺体は遺言を文書で残そうと　力なき
手を動かし続けていたが　いくら書いても決定稿には
至らぬまま　結局「谷へ棄てて」の一文のみとなった
「死が正確に想像できさえすれば　完成できたろうに」

そう呟く声に　あなたは遺体を背負ったままで振り返る
草深い道の端に誰かがいる　「誰だ」とあなたが問うと
「君は盲人か　歴史に名を遺す詩人はみな　ホメロスも
ミルトンもみな盲人だ──その死体を一体どうする気だ」

眼を開けぬままのあなたに　声はなお語る　「あの谷を
目指しているなら　いいことを教えてやろう　あそこは
ウランの採掘場で　所有者はこの私だ　この世でただ一つ
裏切らないのはウランだけだ」　遺体は重みをさらに増し

あなたは再び先へと急ぐ　ようやくたどりついた谷底には
葉を全て失った　一本の枇杷の樹と　遺体が生前「体に
いいはず」と信じてむしり取り　生のまま口に含んでいた
野草の根の部分ばかりが延々と続き　夕闇の中　あなたは

遺体をそっと地に下ろす　むき出しのその陰部は　卑猥な
現実と美しき抽象の境目にあるかのようで　「さようなら」
と語りかけると　ミイラと化した顔から　「死病はいまや
あなたの体内にもあるのだ」「あなたもいつかは孤児となる」

と声がしそうで急に怖くなり　谷を去りながら　久しぶりに
眼を開けると　あなたは自分がどこにいるのかよくわからず
光なき道を迷っていると　人の姿があり　眼をなお凝らすと
その全身からは　鉱物が菌類のごとく生えており　「誰だ」

と問うと　「またおまえか──生まれた時から　私はずっと
口も開けないほど疲れ切っていたのに　それを隠して今まで
完璧に生きてきた──おまえもそうなのではないか　だから
おまえの体は全身　葉で覆われているのだろう」と問い返され

なお怖くなり　帰り道を求めて振りかえると　遠くに発電所の
生き生きと死んでいるかのごとき希望の灯が見えて　あなたは
安心しながらまた歩き出すのだ　沈黙を自らに固く命じながら
そして　「死に遅れた生き物」としての明日を思い描きながら

歴史の誕生

子供など欲しくなかった男Ａの前に　太った女が裸のまま忽然と現れて
彼の下半身を丸裸にすると　そのまま　その股間にひらりと跨った
こうして太った女は　嫌がる彼を引き寄せては　立て続けに子を産んだ

大地を耕すことに全く興味のなかった男Ｂの前に　痩せた女が忽然と現れ
彼の持ち金を全て奪い取ると　そのまま　その金で広大な土地を買い取った
こうして痩せた女は　後悔する彼と二人で　ひたすら農作業に明け暮れた

他人の死にいっさい関心のなかった男Ｃの太った妻が　次第に痩せ衰えて
ある日とうとう死に　彼のもとには幼い子らと彼女の農園だけが遺された
こうして彼は仕方なく　残りの一生を子育てと農作業と墓守の仕事に費やした

家族も親族も妻子もない　孤児のわたしにとって
ＡとＢとＣは　唯一の大切な友人たちである
昨日もまた四人で集まり　夜遅くまで一緒に酒を飲んだ
買ったばかりの高価な腕時計を　彼らに見せびらかしたかったからだ

いつしか「歴史とは何か」という話になり
笑い上戸のＡは「直線だ」と豪語し
泣き上戸のＢは「循環だ」と溜息をつき
顔色の変わらぬＣは「逸脱だ」と持論を述べた
悪酔いしたわたしが　三人の説を「全て誤りだ」と笑い飛ばすと
三人からわたしは袋叩きに合い　店の裏の溝へと落とされた

同じ間違いをまた繰り返したことに　ひたすら恥じ入りながら

溝の中で眠りはじめたわたしのそばに　ひとりの女の影がすっと歩み寄る
太ったその両腕　痩せたその両足　そして　死人のようなその青い顔
助け起こしにきてくれたのか　それとも　こんなわたしを笑いにきたのか
本当にそこに来ていたのか　それとも　実はまだ来てはおらず
わたしの次なる落下でようやく来るのか　それとも　一度も来ずに終わるのか

自慢の腕時計を失くしていたことに　わたしがようやく気づいた瞬間
とても孤独そうで　そのくせ　とても自由気ままそうな女の顔が
まるで生まれたての赤ん坊を　見つめるかのように
はじめてにこりと笑い　そのまま無限となった

鮟鱇の館

水の涸れきった庭園
落葉に覆われた夜の水琴窟

なみなみと水が注がれた杓を持ち
屋敷から水琴窟へと独り歩みだす白髪の男

無人のごとき館

館内を厳かに飾る壁時計の数々
一つとして同じ時刻のない文字盤たち

杓から水琴窟の底へ滴り落ちる水
水琴窟の上部に静かに触れる竹筒の先端
もう一方の先端にそっと当てられる男の耳

水底でぐらりと蠢く鮟鱇の幻

「君のせいで　多くの生きものが死んだ」
と語りだす高音部の水滴
「私も死にかけた　しかし」
おかげで特別に齎された神からの恩寵
「君の旧き悪はいまや平和の創造者」
と告げて祈りながら消え去る高音部の水滴

「そんな論理のすり替えは許さない」

と語りだす低音部の水滴
「私も死にかけた　だから」
現状賛美には簡単に昇華できぬ怒り
「君の旧き悪はいまや詭弁の元凶」
と告げて消える低音部の水滴

一瞬の静寂
なけなしの聴力を研ぎ澄ませる男

「さあ一緒に
辺境の歌たちを再発見する旅へと出かけましょう」
と誘う女声の水滴
歌い手が近々消滅しそうな旋律たちが
融けあいながらまとわりつく竹筒の先端

「そんな旅には行かせない」
と断ずる男声の水滴
「それよりも　君自身が消えかけていることを
まずは恐怖せよ」
と呟く竹筒の先端

竹筒を庭に投げ捨て
館内へと引き返す白髪の男

壁時計たちがあちこちで奏でる
歌　　歌　　歌

交尾の際
巨大な雌にしがみつき

そのまま雌の体内に同化するという
鮟鱇の雄

男を呑み込み
またもしんと静まった館の奥で
ぽっと灯る火

ようやく降りはじめる驟雨

聴く者もないまま
闇の空洞に再び反響しはじめる
水滴たちの狂宴

自画像から始まる物語

　　　ずいぶん前から、月に一度か二度のペースで、私営の絵画教室へと通い続けている。高校の美術の授業以来、絵を習うのはまさに二十数年ぶりであった。これといって大きなきっかけはなかったのだが、好きでずっと続けている詩作のための恰好の「頭の訓練」になってくれるのではなかろうか……という軽い気持ちが一応の理由であった。教室の講師は一人だけであり、男性でわたしよりも少し若い。教室全体の雰囲気はそれほど重くはない。わたしが通っているのは夜に開講される「趣味」クラスであり、受講している人たちのほとんどは、現役社会人か定年退職者、または「専業主婦」と自称する人たちである。皆それぞれ、思い思いのスケジュールを組んで授業に出席しては、授業時間が終わるまで好きな絵を好きなだけひたすら描くのである。全体講義の時間や共通テキストなどは一切なく、全員が同じ課題を一斉に遂行させられるようなことも一切ない。男性講師は受講生たちひとりひとりに順番に声をかけながら、それぞれにまったく異なるジャンルや主題、そして世界観に対し、的確なアドバイスを次々に与えていく。デッサンや配色などについての基礎的知識を、彼から時おりマンツーマンで自発的に教わりつつ、描きたいものを描きたいだけ、作りたいものを作りたいだけひたすら頑張っているうちに、授業終了の時刻があっという間にやってくる、というのが常である。未完成の作品を作業場に置いたまま帰宅するもよし、「これで完成」と思うのならば、そのまま持ち帰ってもよし。すべては受講生ひとりひとりの自由に任されている。

　　　この教室ではじめてわたしが描いてみたのが**写真その1**の作品である。どういう理由でこのような絵を描こうと思ったのか、いま考えると自分でも正直よくわからない。ただもう闇雲にいろんな線を紙の上に引きまくりたい、そして、後先などあまり考えずに紙の上に原色をただただ思い切り投げつけてやりたい、とにかくそれだけを思いながら無心に描いているうちに、結果的にこうなったのだった。どこまで描けば真に「完成」と言えるのか、われながら不明瞭なままでいるうちに授業終了時刻が来てしまったので、講師にそのまま見せてみると、「この未完成な感じのままで完成、ということにしましょう」と

のことだった。なるほど、そういうものかと思いつつ、このままの形で自宅に持ち帰ることにした。そのまま机の引出しにしまい込んでしまおうかとも考えたのだが、なぜかふと気が変わり、結局は家の階段横の壁に画鋲を使って臆面もなく展示してみることにした。さほど気に入った出来栄えでもなかったはずなのだが、一体どんな心境の変化がそうさせたものやら、これまた自分でもよくわからないままである。

　さて、本題はここからである。

　前述の作品をわたしが自宅の階段に飾ってしばらく経った頃、この絵の中の人物と全くそっくりの顔をした男が、わたしの通う「趣味」クラスに突然「新規の受講生」としてふらりとやってきた。「あんな抽象的な顔にそっくりの人間がこの世に存在するはずがない」と言われてしまうかもしれないが、事実なのだから仕方がない。もっとも、わた

写真その1

しの中にある「事実とはなにか」の定義と、他人が思う「事実」の定義が完全に一致しているかどうかなど、誰にもわからないわけだけれど。

　その時わたしは、木炭のみを使って初めての自画像（**写真その２**）制作に懸命にいそしんでいた。新しくやってきた受講生の男はそのすぐ隣の席へ腰掛けると、にこにこしながらいかにも快活そうに「こんにちは、どうぞよろしく」とこちらへ向かって挨拶をしてきた。まるで仏様のような満面の笑みだったので、普段なら初対面の人間に対してつっけんどんに接することの多いわたしも、さすがに丁寧に挨拶を返さざるを得なかった。すると男は、わたしの自画像をじっと見ながら「この顔、目玉は両目とも絶対に入れない方がいいですよ、絶対に」となれなれしく言って、制作途中らしき自分自身の絵を鞄からおもむろに取り出すのであった。そしてさっそく、自分の作業を開始しだしたのである

写真その２

写真その３

（ちなみに、その時に彼が描いていた木炭画の完成版というのが**写真その３**の作品である）。何かひと言くらいは言い返さねばと思い、「その絵のタイトルは何というのか」と少々不躾気味に尋ねてみたところ、彼は顔をほんのり染めながら、少し照れくさそうにこう教えてくれた——「わりと長い題でしてね、『抵抗のしぐさはかくあるべし』って言います」

　その日の授業もいつものごとく、つつがなく終わった。早々に立ち去っていく新入り受講生の背中をちらりと見ながら、講師に「あの人、お名前は？」と興味本位で尋ねてみると、「本名は誰にも教えないでくれって、そう固く言われていましてね——何やらニックネームがおありだそうでして、皆さんにはぜひそっちで呼んでもらいたいんだそうです」とのことであった。そのニックネームが「テロさん」だと聞くやいなや、あの仏の

ような笑顔とのあまりのミスマッチぶりに、わたしは思わず顔をしかめてしまった。

　　テロリズムをすぐに想起させるようなこの奇妙なニックネームの由来について、講師が直接「テロさん」に尋ねてみたことが一度あったらしいのだが、彼からはひどく遠回しの回答が返ってくるばかりだったそうだ。ただ、その返答内容から察するに、おそらく彼のご家族は、すでに全員亡くなってしまっているのではあるまいか、というのが講師の個人的な推測であった。もしも本当にそうだとしたなら、彼のあの底抜けの笑顔は、一体どこから生じていたのだろうか——彼とは今のところ、この最初の出会いを含め、まだたった四度の出会いしかなく、おまけに、最後に会ってからもうかなり久しくなってしまっているせいもあり、その全体的な容姿の記憶（たとえば、髪型や服装や立ち居振る舞いなど）も、今となってはけっこうぼやけかけてきているわけだが、その一方で、あの笑顔がいつも醸し出していた激しい柔和さ（矛盾した表現であることは百も承知の上なのだが、ほかにどうにも言いようがないのだ）だけは、今なお心に焼きついたままなのである。

　　次に教室で「テロさん」と会った時、ようやくまともに彼と会話を交わすことができた。彼はわたしよりも少し年上のようで、今まで絵の方は誰からもきちんと学んだことがなく、ずっと独学で好き勝手に描いてばかりきた、自称「日曜画家」らしかった。好奇心に駆られて「では、普段のご職業は？」と尋ねてみると、ちょっとはにかみながら「無職です」と答えてくれた。いつから無職なのかとさらに尋ねてみると、「働いた経験は生まれてこのかた一度もありません」とだけ言って、今度はとても無邪気そうににこにこと笑った。どうやら独り暮らしのようだったが、どうやって生計を立てているものやら、全く見当がつかない。とはいえ、それ以上詮索するのもどうかと思い、そこでこの話はあえて終わりにした。以来、この件はいまだに謎のままである。

　　とはいえ、その時の彼とのおしゃべりは、実はこれだけに留まらなかった。「テロさん」の語り口はいつもどこか独特で、いきなりひどく抽象的になったかと思うと、因果関係が急によくわからなくなったりすることがままあり、聞いているこちらが内心うろたえてしまうことも決して少なくなかったのだが、この時からしてまさにそうであった——その日、わたしはたまたま頭蓋骨の模型を机上にひとつ置き、鉛筆一本でそれをこつこつ

と模写していたのだが(**写真その４**)、またもわたしのすぐ隣に座ってきた「テロさん」は、足を組みながら笑顔を絶やすことなく、こう話しかけてきた。

「その絵、もしもタイトルを付けるとしたらどうします？」
「さあどうでしょう、ただの練習用デッサンですから、題をわざわざつけるほどのものでは……」
「わたしなら、そうだなあ、例えば『僕はここにいる、そしてここにはいない』とか」
「そんな絵ですかねえ、これ」
「わたしがいま描いているこの絵と、テイストがとてもよく似ていますね」

そう言いながら「テロさん」が見せてくれた彼の描きかけの絵(**写真その５**)は、わたしの髑髏の絵とはどこから見てもまったく類似点などなさそうなものであった。

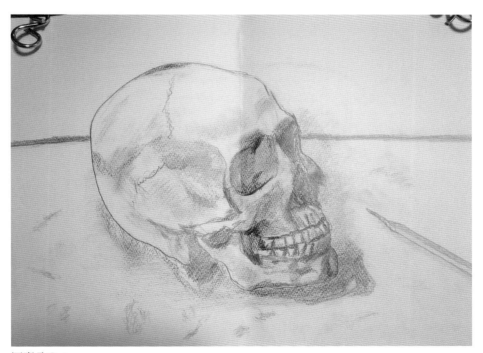

写真その４

写真その5

「そんなに似ていますかねえ——ところで『テロさん』のその作品、いったい何の絵なんですか。海中の世界ですか」
「仮のタイトルは——これまたちょっと長いのですが——『静かに深く広く永く怒り続ける能力』といいます。方向性がわりと似ているでしょ、あなたのと」

こちらがなおも首をひねったままでいると、「テロさん」はちょっと頭をかきながら、さらにおかしなことを口にしはじめた。

「実を言いますとね、わたしが絵を描くことを絶対に許さないと言っている人たちがけっこうあちこちにおりましてね。その人たちから今、立ち退きを命じられているん

です」

　「立ち退き？　そんな無礼な。その人たち、いったい何者なんです？　どうして
そんなことをやれる権利があるんですか？　『テロさん』の絵のどこがそんなに気に入らな
いんですか？　わけがわからない」

　「テロさん」のごとき無名の人間が趣味のためだけに好き勝手に描いているような
代物なんかに、そんな暴漢たちをわざわざ惹きつけてしまうような特別な要素など、別に
ひとつもありはしないだろうに──心の奥底でそう呟きながら、頭蓋骨の模写に再び戻ろ
うとしていると、「テロさん」はどうやらまだ話し足りないらしく、こう付け加えてきた。

　「わたしが自分自身に反して生きているから、というのが、その主たる理由のよう
なのです」
　「は？　それ、一体どういう意味です？」
　「消費されることに抵抗し続けているわたしのことが、どうやら気に食わないよ
うなんです。あの人たちはみんな、同じ言葉ばかり何度も唱えるよう強制されながら長ら
く生きてきてしまっているので、もはや兵士同然になっているんです」
　「かなり物騒な人たちのようですねえ。警察にはもう連絡なさいましたか？」

　わたしの声がまるでまったく聞こえていないかのごとく、「テロさん」の話はなお
も同じ調子で続いた。

　「しかし、彼らのような人たちのことも、ちゃんと受け入れてあげられるように早
くならなければ──あの方々には全員、今日ここに来る前に、我が家にそろってあがって
頂きました。今頃は、わたしが帰宅するのを今か今かと首を長くしながら、ずっと家の中
で待っていらっしゃるはずです。彼らこそがわが家の真の主人であり、わたしの方がむし
ろ客──そこまで心の底から思えるくらいにならなければいけないのですが、これがなか
なか難しくて」

　こんな奇妙な身の上話をいたって淡々と続けていたあの時の「テロさん」のこと

113

を、どうして「ただの気味の悪い男」という具合に思い出さないのか、今もって不思議といえば不思議である。とにかくそこまで言ったかと思うと、彼は鞄からスケッチ帳を新たにひとつ、とても大事そうに取り出して見せてくれた。開いたそのページには、いろいろな生き物がとてもリアルに模写されていた。毒々しい背中の模様をこれでもかと言わんばかりにこちらへ晒しているスズメバチ。獰猛そうに大きく口を開け、鋭い歯を見せびらかしている醜い顔のカメ。見たこともないような異様な形をした巨大なアリ。その隣には、グロテスク極まりないダニの全身のクローズアップ。そのまた隣には、いかにも飢えていそうなドブネズミの横顔。しまいには、腹が奇怪に膨らんでいる極彩色のクモの姿までもが描かれていた。そしてそのページの中心には、それら生物たちにぐるりと取り巻かれるようにして、「行政代執行」という小さな五文字が端正な楷書体で綴られていた。

　　　「立ち退きって、まさか空港とか高速道路とか軍事基地とかの建設の邪魔になっているから、ですかね？　そんな話、どれもこの街とはまったく無縁のはずですけれど」

　　　軽い調子でわたしがそう言うと、「テロさん」はほんの一瞬、笑顔を潜めて「無縁ですかねえ、本当に」と小さな声で呟いた。そしていきなり話題を変えた。続いての話は、こちらをなおいっそうどぎまぎさせるような、ある「提案」であった。

　　　「髙野さん、もしもよろしければ、わたしと一緒に共同で絵を描いてみませんか？」
　　　「は？　共同で絵を？　どういうことでしょう？　そんなこと、急に言われましても」

　　　「テロさん」の口調が途端に早口になった。

　　　「いいですか、よく聞いて下さい——まずはわたしが、全く同じサイズの小さなキャンバス三枚に、それぞれ別々の絵を描いてまいります。といっても、三枚の絵の背景はどれも全く同じにします。異なっておりますのは、その背景の上に描かれるそれぞれのモチーフのみです。その三枚をぴたっとくっつけながら、左から右へ向かって横にずらりと

並べてみますと、それぞれの一部——たとえば、絵の中のどこか一本の線分——が微妙につながっているかのような感じで三枚描いてまいります。今度お会いする時に、その三枚を一挙にお見せいたしますね。そうしましたら、その三枚の最後の絵——つまり、横にずらっと並べた時に、向かってもっとも右手にある絵です——に何らかの形でつながるようにしながら、今度はあなたが異なる絵を三枚、全く同じサイズのキャンバス三枚を使って、今お伝えした規則にきちんとのっとりながら、自由に描いてくるわけです」

「テロさん」の口調はだんだんと熱を帯びはじめた。

「よろしいですか——あなたが描く三枚も、今度わたしが描いてくる三枚と全く同じ背景を使っていないといけません。ただし、その上に描かれるモチーフにつきましては、三枚とも必ず異なるように描いてみて下さい。もちろん、あなたの描く三枚の絵も、横にくっつけて左から右へずらりと並べてみると、それなりにどこかでつながっているように見えなければいけません。その三枚をあなたから見せてもらったら、今度はわたしがあなたの三枚目の絵（つまり、いちばん右手にある絵です）にうまくつながる形で、別のモチーフの絵を新たに三枚、再び全く同じ背景を使いつつ、どうにかして描いてまいります。あとはただ、その繰り返しです。どうです、ちょっと面白そうでしょ。全く同じサイズのキャンバスに描かれた作品たちを、二人の力で一体どこまで右へ右へと伸ばしていけるのか——同じ背景がひたすら繰り返されていく中で、どれだけ異なる奇抜な発想を互いに量産し続けていけるのか——どうです、考えただけでわくわくしてきやしませんか」

「テロさん」とのこの会話があったその晩、わたしは以下のごとき夢を見た。間違いなく「テロさん」のせいで、こんな夢を見たのであろう。できることなら夢分析の専門家に詳しく分析をお願いしたいと思うくらい、なんとも後味の悪い内容であった。ここにあえて紹介させてもらうことにするので、どうかお許し願いたい。

狭い部屋の一室で、わたしが独り、クッキーを焼く準備をしている。バターとミルクをボウルに入れ、泡だて器でクリーム状になるまで静かに練っている。それに砂糖を入れ、薄力粉やアーモンドパウダーやココアを入れる準備にとりかかったところで、玄関

115

のチャイムが鳴る。窓から見ると、まったく同じ服をきた大勢の群衆が玄関の前にずらりと並んでいる。そのうちのひとりが、大きなプラカードを一枚、空へ向かって高く掲げている。そこには頭蓋骨の絵がとても写実的に描かれてあり、その髑髏の上にはこう大書されている──「もしもおれたちが人間ならば、おまえは人間ではない──もしもおまえが人間ならば、おれたちは人間ではない」──わたしをここから立ち退かせようというつもりなのだろうか。ドアを絶対に開けないことに決めると、わたしはふたたびクッキー作りへと戻る。生地をよく混ぜ、程よきところで両手を使って細かく等分していき、ひとつひとつを美しい涙の形に仕上げていく。それにしても、どうして立ち退かねばならないのだろうか──オーブンの中に涙の生地を丹念に並べながら、わたしはじっと考える。窓の向こうから、弾劾の声がうっすらと聞こえてくる──「小さな言葉よ、大きな言葉に今すぐ従え」「母語を捨てよ、これからはこちらの言語を使うのだ」「統一言語を尊重せよ」「言葉の訛りは心の訛り」──玄関のドアを激しくノックしはじめる拳、拳、拳。ふと気づくと、テーブルにはわたしの親族が全員勢ぞろいしていて、焼きあがったばかりのわたしのクッキーを、いかにもまずそうな顔つきで食べている。「これ、作り方を間違えたのでは？」「もうこれ以上はとても無理」「形もひどく不揃いで、どこから見ても涙じゃない」──そう言いながら、一人また一人、彼らが席を立って部屋から出ていく。手つかずのまま大量に残ってしまった涙の形のクッキーを、全て手元に集めなおすと、わたしは玄関へ向かってしずしずと歩みだす。そうだ、彼らに食べてもらえばいいのだ、一人に対して一枚ずつ……

　　　それから数週間ほどして、絵画教室で「テロさん」と久しぶりに再会した。待っていましたとばかりにわたしの横へどっかと座りこむと、彼は小さなキャンバスに描かれた三枚の絵をいかにも嬉しそうにわたしに見せてくれた（**写真その6**）。どれもわけのわからない作品としか言いようのない内容ばかりであったが、それらをしばしじっと眺めているうちに、「わたしもこんな風にぜひ描いてみたい」という予想外な欲望がふいに胸の内に湧いてきた。

　　　「いいですか、あらためての確認ですが、いちばん左が一枚目で、いちばん右側が三枚目になります──ちなみに、ちょっとわかりにくいかもしれませんが、この一枚目の絵の人物らしきものが左手に持っておりますのは、実は鍵なんです──まあ、それはとも

かくとしまして、いちばん右の三枚目の絵になんとかうまくつながるような感じで、今度は四枚目から六枚目までを、どうかよろしくお願いいたします」

　そう告げる彼の手から、全く同じサイズの新品のキャンバス三枚分を渡されるやいなや（どうやらわたしのために、事前に自腹で用意してくれていたらしい）、共同制作の誘いを受けたあの日の夜に見た例の後味の悪い夢の話を、なぜだか無性に彼に聞いてもらいたくなってしまった。

　わたしが夢の話を全てし終えると、「テロさん」は「実はわたしもあの日の晩、とても変な夢を見ましたよ」と言って、その夢の中身をとても楽しそうに語りはじめた。

　「両手に絵筆を握りしめたわたしが、大きなキャンバスの前に独りじっと佇んで、キノコ雲を一体どう描いたものかと、悪戦苦闘し続けているわけです。ええ、例のあのキノコ雲です。すると誰かが、どこからか英語でいきなり、わたしに向かって『それは本当に mushroom cloud なのか？』と尋ねてくるのです。英語がよく聞き取れなかったので、

写真その6

わたしが『は？　mush of looming crowd？　それって一体どういう意味です？』と大声
で問い返しますと、遠くの相手はまたもや英語で、『絵なんか描いていてはダメだ、いいか、
絵ではなくて、人間そのものを描くのだ』と叫び返してきます。その声を無視してわたし
は再び作品制作へと没頭していくわけですが、キノコ雲の絵はなかなかうまく描けません。
ちょっと描いては消し、また少し描いては深く悩み、そんな一進一退の調子でずっと描き
続けておりますと、部屋の片隅に置いていた無人の正方形の食卓のちょうど真ん中あたり
から、本物の巨大なキノコが一本、にょきにょきと生えてくるではありませんか。そうい
えばその昔、この食卓でわたしは誰かと毎日食事を共にしていたはずなのだ──それは一
体、誰とだったのだろう──と、ぼんやり考えを巡らせておりますと、食卓とセットにな
っている無人の椅子たちが一斉に囁きはじめるのです──『キノコ雲の下で死ぬことのな
いわたしたちは、そんなにも価値の低い人間でありましょうか？』『死ねばみんな同じなの
ですから、どこで死のうが、あなたの辛さもわたしの辛さも、みんな違ってみんないいは
ずではありませんか？』──すると今度は、正方形の食卓の平面上に、キノコを共通の中
心とする黒い同心円がいくつもいくつも浮かびあがってくるのです（それと同時に、食卓
の全体が、四本の脚の先の方からみるみる朽ちはじめていくのです）。同心円の群れはど
んどん広がっていって、やがて卓上をはみ出しますと、キャンバスのそばに立っているわ
たしの方へと次第に近づいてまいります。気味が悪くなったわたしは、制作途中の絵を床
に打ち倒すと、スケッチ帳だけを抱えて、部屋から脱兎のごとく飛び出していきます。遠
く後方から、逃げるわたしの背中を追うかのごとく、あの英語の声がまたも響いてまいり
ます──『いいか、絵の中でしか生きられぬ人間もいるのだぞ、絵の中でしか知られぬ命
もあるのだぞ』──必死に走りながら、わたしは呪文のごとき英単語の羅列をもごもごと
唱えはじめます── mushroom, lush womb, mad room, hush doom ──実を言います
と、その夢から覚めてすぐ、目覚めたその瞬間の純粋な想いを木炭で一気にスケッチして
みたんです。これがそのスケッチでして」

　　　　そう言って「テロさん」が見せてくれたのが**写真その７**の作品である。「絶対に見
えないはずのものが、なんだか見えそうに思われてくる、そんなぎりぎりのところにまで
必死で迫ってみる──というのが、おそらくは究極の理想形なのでしょうが、まさに言う
は易く行うは難し、なんですよねえ」と呟きながら、いつもの照れ笑いをまたもや浮かべ

ていた彼のその時の表情が、まだなんとなく記憶に残っている。

　この日の彼のおしゃべりにもなお続きがあった。作品制作のためのせっかくの貴重な授業時間を、そんなおしゃべりにばかり浪費するのはいかがなものかと思いつつ、こちらはひたすら黙って彼につきあっていたわけだが、そんなわたしの本音などまるっきり意に介することなく、「テロさん」の話題は次から次へと二転三転していった。こうしてとうとう、彼の自宅に先日いきなり押しかけてきたという「客たち」の話の続きがまたもや始まってしまったのである。だが、今回の「客たち」は、どうやら前回の「客たち」とはまったく種類の異なる連中らしかった。

　「さきほどお見せしたあのスケッチをちょうど描き終えた頃だったと思うのです

写真その7

119

が、わたしが独りきりで家におりますと、大勢の人たちが大挙して押し寄せてくる足音ら
しきものが外から聞こえてきましてね。なんだろうと思って玄関から出てみますと、彼ら
は一斉に歩みを止めて、みんな黙って立ったまま、わたしの方をじっと見つめ返してくる
のです。自らの声の所有権をまるで全て失ってしまったかのような、そんな目をした人た
ちばかりでした。声はなくとも、彼らの衰弱している顔をざっと見回しただけで、『助けて
くれ』と訴えていることはすぐにわかりました。『ここにかくまってくれ』『多数派に土地
を奪われたのだ』——そう叫んでいるかのような顔つきばかりでした。ふと自分の家の白
壁に目をやりますと、いつの間にか、壁のいたるところにおびただしい数の名前らしきも
のが書かれてありました。絵筆のようなもので慌ただしく書かれたものもあれば、木炭の
ようなもので丹念に書かれたものもありました。アルファベットや漢字もありましたが、
全くなじみのない文字もたくさんありました。自分の家がまるで何かの記念碑に生まれ変
わったかのようにさえ思えるほどでした。すると彼らのひとりが突然、大きなプラカード
をわたしの方に向けてきました。そこには英語でこう書いてありました——『決してあな
たが悪いわけではないのだが、あなたもやはり彼らの後継者のひとりなのだ』『だからあな
たにも責任の一端があるのだ』——このまま家に入ってドアを閉め、鍵をかけてしまおう
かとも思いましたが、わたしの何かがそれを許しませんでした。何か一言でもいいから彼
らにいますぐ応えなければならない——応えないままでいれば、いつまでたっても、わた
し自身が自由になれない——そう言っている自分が心の中におりました。わたしの口から
蚊の鳴くような小さな声が出てきました。『さあ、中にお入りなさい』『これからはともに
苦しんでいきましょう』——すると、誰もいないはずの家の中から、別の囁きが聞こえて
きました——『こんな連中をいったん家に入れてしまったら、奴らの言葉がいずれおまえ
をここから追い出してしまうことになるぞ』『もしもそうなったら、おまえは私たちさえ見
失い、普通の人間の気持ちさえなくしてしまうことになるのだぞ』——この囁きを少しで
もなだめるべく、わたしは無人の家の中へ向かってこう囁き返しました——『壊れていく
ことでしか新しい命はもはや得られないのでは?』『様々な言葉たちの狭間に落ちていくこ
とこそが、本当の理想的な暮らしなのでは?』——そうこうするうちに、外で佇んでいた
人々の群れがひとりずつ、わたしの家の中へ音もなく入り込みはじめました。とたんに、
それまで自然だったはずの室内の空気があっという間に不自然なものへと変わりはじめま
した。家の中は、互いに交じり合うことなど今後一切なさそうな不幸たちの大混乱状態へ

と、みるみるうちに変貌していったのです。しかしその一方で、彼らの顔のひとつひとつには、これまで見たこともないようなまばゆいばかりの美しさがじんわりと備わっておりました。あの美しさをなんとか自分だけの力でうまく描き出せないものかと思いながら、今日も彼ら全員を我が家に残して、こうしてここにまた独りで出向いてきた、というわけなのです」

　　「テロさん」の声は話が進むにつれてますます大きくなっていき、しまいには教室中に響き渡るまでになった。それはもはや「話す」というよりも、「うたう」と形容した方がむしろ的確であるかのごときしゃべり方にさえ思われた。途中で口を挟んでみようかとも思ったが、彼の口調にはそうはさせない妙な熱気がこもっていて、結局は最後まで無言で聞くばかりとなった。男性講師はおろか、その日の受講生全員が各々の制作作業の手をわざわざ止めて、苦虫を噛み潰したような顔をしながらこちらを黙って見ていたことをいまだになんとなく覚えている。とはいえ、嘘や誇張で塗り固めたかのような彼の馬鹿げたこの「同居生活」話をむやみにせき止めたりすることなく、とにかくじっと耳を傾け続けたそのおかげで、彼の描いた最初の三枚組のキャンバスにしっかりと対抗できるような「次の三枚」を描いてみたいという衝動が、わたしの中でよりいっそう高まってくれたようにも思うのである。

　　それから少しして、また教室に顔を出してみると、その日は「テロさん」はたまたま休みであった。彼の代わりにわたしの隣へ座ってきたのは、小学校高学年か、または中学生くらいらしき姿の少年であった。夜の「趣味」クラスにこんな子が混じっていようとは、これまで迂闊にもまったく気づいていなかった。当然、その子と話を交わすのはその日が初めてであった。少年がそこで描いていたのは、何やら童話の一場面のようであった（**写真その8**）。真剣な表情をまったく崩すことなく、幾種類かのクレヨンをいかにも巧みそうに黙々と動かしているので、こちらもしばし黙ったまま、「テロさん」に見せる「次の三枚」を一体どう描いたものかとあれこれ思案に暮れていたわけだが、ふと見ると、少年が手を休めてこちらをちらちら見たりしている。そこでようやく会話が始まった。

　　「仏様と鬼の絵なのかな、それ」

121

「そのつもりなんですけど、『テロさん』がこの絵を見て、このまえ変なこと言ったんです」

「『テロさん』としゃべったことあるの？　あの人、なんて言ったの？」

「『人の心の中みたいな絵だ』って言ってました。別にそんな絵じゃないんですけど」

「『テロさん』とは教室の中でよく話したりするの？」

「時々、ほんのちょっとだけです。髙野さんは『テロさん』とよくここでしゃべってるみたいだけど、あの人のこと、よく知ってるんですか？」

「いやあ、たいして知ってるわけでもないけど……」

「あの人、こんな田舎町の絵画教室に来てはいるけど、本当は世界的な画家だって、本当ですか？」

「世界的？　それ、どういう意味？」

「この前『テロさん』が自分で言ってたんですけど、あの人、実はかなり心を病んでいて、だけどその重い病気のおかげで、これまでたくさんすごい絵をばんばん描いてこ

写真その8

れたんだそうです。描いた絵のほとんどが世界中でものすごい金額で売れてくれたおかげで、今はけっこうなお金持ちなんだそうです。『日本のゴッホ』って呼ばれたこともあったし、むかし税関というところで働いてたことがあるせいで、『現代のルソー』っていまだによく呼ばれたりもするんだそうです。そう自分で言ってました。ゴッホのことは、もちろん僕だって知ってますけど、ルソーって一体、どんな画家なんですか？　ていうか、『テロさん』の話って、どうせ全部ウソなんでしょ？　『最近はキノコの絵ばかり描いていて、描けば描くほど、キノコがなんだか自画像みたいに見えてくるんだ』とかなんとか、言ったりもしてましたけど──」

　　　よくも子供に向かってそんな馬鹿な嘘が堂々とつけたものだ──「狂ってもいないくせに狂ったふりをして巨匠ぶる偽芸術家」というイメージが、ふと頭をよぎった。「テロさん」がこれまでわたしにしてくれた話にしたところで、考えてみれば、どうせすべて嘘に決まっているのだ（なのに一体どうして、彼が話していたまさにその最中には、そう思わなかったのだろうか？）──絵画教室の「趣味」クラスなんかに通っているような単なる「下手の横好き」の年寄りが実は「世界的巨匠」だなんて、小学生だって真に受けるはずがないではないか。思わず失笑を漏らしていると、少年が自分のバッグの中から小さめの別作品を二つ取り出して、こちらに気前よく見せてくれた。どちらも「テロさん」が以前くれたものだという。ひとつはクレヨン画で、魚のような生物が二体、緑の海の中を泳いでいる（**写真その9**）。もうひとつはアクリル画で、記号のようなものが空中をたくさん舞っているそのちょうど真ん中に、人の顔らしきものが三つ、互いにくっつきあった格好でくるくる回るかのように鎮座している（**写真その10**）。前者の裏側には「原始の時代」、後者の裏側には「原子の時代」とペンで走り書きがされていて、それらタイトルのすぐ下には、折り目正しいアルファベットでどちらにも同じように「CLASSIFIED DOCUMENT」と書かれてあった。「この二つも、やっぱりすごい値段で売れたりするのかなあ」──笑いながらそう言うと、少年はまた自分の絵の制作へと戻っていった。「テロさん」も子供の頃は、こんな少年だったのかもしれない──わたしの中で、そんな考えが急に浮かんだかと思うと、またすぐに消えていった。

　　　数日後、「テロさん」と再び授業で出会うやいなや、わたしは自分の描いた「三枚

写真その9

写真その10

の続き絵」を彼におずおずと見せてみた（**写真その11**）。彼から言われたとおり、背景は彼の描いた三枚の絵と完全に統一させ、その上のイメージだけを自分なりに三通り気ままに拵えてみたわけだが、われながらどうしてこんな絵を描いてしまったのか、とても他人にはうまく説明できそうになかった（とはいえ、あとでよくよく考えてみると、二枚目の絵には自分の名前の英語表記「GORO TAKANO」の一字一字がデフォルメされているようにも見えるし、いちばん右側の三枚目の絵には、数年前に死去したわたしの祖母の死に際の顔写真さえもがなぜかコラージュされているのだった——そんな写真を貼りつけた覚えなど、すでにどこかへ消えてしまっていたのは、それだけその絵の制作に心底没頭していたという証拠なのかもしれない）。それでも「テロさん」は「いいですねえ、なかなかいいですよ」と何度も言ってくれた。「おまえは本当にちゃんと歌えているのか——おまえは見る者の心を本当にちゃんと聴けているのか——三枚とも、ご自身に対するあなたのそんな生々しい感情を、十二分に感じさせてくれていますねえ」とも褒めてくれた（どうしてそんな感想が立て板に水のごとく出てくるのか、わたしには正直よく理解できなかったけれど）。そして、「それではこの三枚は、家に持って帰らせてもらうことにしますね——この三枚目にうまくつながるよう、わたしもまた頑張ってみますから」と言うと、わたしの三

写真その11

125

枚の絵を自分の荷物の横に慎重に立てかけたのだった。

　　その日の授業中のおしゃべりにおいても、「テロさん」は自分の「同居生活」話の
さらなる続きをなおもしたがっている様子であった。「次はいったい、どんな集団がお宅
を訪ねてきたんです？」と、今度はこちらからあえて水を向けてみると、彼はまたもやあ
の満面の笑顔で、「今度もまたひどく大勢来ましたよ——次に来たのは、困っている人を助
けてあげないと逆に自分自身が困ってしまうという、まことに困った人たちでして」と、
まるで台本を棒読みする俳優のごとくすらすらと話しはじめた。これ以上はもうまともに
付き合ってなどいられない——そう思いつつも、疲労感を何とか隠してとりあえず調子を
合わせ続けていると、「テロさん」は急にからからと高笑いをしはじめた。

　　「なにがそんなにおかしいんです？」
　　「だって考えてもみてくださいよ——たいして広い家でもないのに、その人たち
もやっぱり全員、一人残らず迎え入れてしまったわけですからね——『人々の安全のため
に、ともに敵と闘おう』とか、『危険に晒されている人たちを救ってこそ、人は人たりうる
のだ』とか、空元気の世迷い言ばかり言い続けているような、まことにお人よしの人たち
でして——彼らの口癖といったら、『あなたの不幸の状況を教えてください』とか、『あな
たの不幸は他の人たちの今後の参考にもなるんです』とか、『あなたはまだちゃんと自分の
不幸に向き合っていないようです』とか、『あなたの不幸を解決してあげることこそが、わ
たし自身の幸福なのです』とか、そんな常套句ばかりなのですから——こんな厄介な人た
ちまで、ああしてわざわざ歓迎してしまうだなんて、我ながら正直、本当にバカな奴だと
わかってはいるつもりなんですが——おかげでいまや、我が家は隅から隅まで、まさに他
人だらけなんですよ——たくさんの他人たちが、まるで幾つもの同心円を描くかのように、
ドブネズミよろしくわたしの周りをぐるぐる、ぐるぐると取り囲んで回っておるわけです
——おまけにけっこう古い家ですから、毒アリだの毒バチだの毒グモだの凶暴ガメだのダ
ニたちまでもが、あちこちに潜んでおったりする始末でしてね」
　　「まさかその人たち全員と、これからもずっと一緒にお暮らしになるつもりじゃ
ないでしょうね？　いつかはもちろん、全員にお引き取り願うわけでしょ？　それに、あ
の例の立ち退きの話、あれは結局どうなったんです？」

126

半ば冗談めかしつつ、薄笑いを浮かべながらそう言い返してみたわけだが、わたしのこの問いかけを聞くやいなや、「テロさん」の顔から急にあの独特の笑みがすっかり消えてしまった。それと同時に、ひどく哀しそうなその両目が、わたしの顔をいきなり凝視しはじめたのだった。

　「人生のすべてがその一点のみに凝縮される、そんな場所をあなたはどうやらまだお持ちではないらしい。いかなる未来もいかなる結論も決して不用意に言葉にすることなどできない、ただそこに無心で座り込んで佇むより他にない、そんな大切な場所をあなたはまだ見つけてはいらっしゃらないらしい」

　今から思うと、ひどく無礼なことを言われたようにも思えるのだが、その時はなぜかまったく腹など立たなかった。そしてこれを最後に、「テロさん」とは今に至るまでずっと会っていないままなのである。絵画教室にはもう姿を見せなくなったようなのだ。

　つい最近、教室にまた顔を出してみると、講師が手提げ袋を片手にすぐさまこちらへ近づいてきて、「『テロさん』から髙野さんにこれを渡すよう、頼まれてまして」と言う。さっそく袋の中を覗いてみると、見覚えのある例のサイズのキャンバスが三枚入っていた。即座に、「テロさん」が描いた次なる三枚の続き絵であることがわかった（**写真その12**）。以前とまったく同様の背景の上に、またもや奇妙なイメージが乱立している。たしかに技術的には、まだまだ生半可なわたしのレベルとそれほど変わらぬ、ただの「趣味」レベルとしかとても呼べそうにない作品ばかりだったが——いちばん左の絵の真ん中あたりで、一本の横棒に吊り下げられているのは、それぞれ人間の耳と鼻であろうか。こちらに背を向けながらそれを見つめている人々は、いったい何を求めているのだろうか。そして、地の果てに佇んでいるあの巨大な一羽の鳥は、いったい何の象徴なのだろうか……二番目の絵のこの少女は、なぜ片目だけにガラス玉を入れているのか。なぜ首から下を失っているのに、そんなにも笑顔なのか。その下で独り踊っているらしき首なしの胴体は、もともとはこの少女のものだったのだろうか……三番目の絵の中のトカゲたちは、一体何を表しているのか。なぜ脱皮したり、ルービック・キューブの中に潜り込んでみたりしてい

写真その12

写真その13

るのか――それほど頭を悩ませて考える価値などない、ただのナンセンスな作品ばかりの
はずなのだが、わたしはその日の授業中、この三枚をそれぞれじっと見つめながら、ぼん
やり考え事ばかりしていたのだった。

　　　講師が手渡してくれた手提げ袋の中には、もうひとつ、手紙も入っていた。封筒
の表には「髙野さんへ」と書いてある。さっそく便箋を開いてみると、以下のような文言
がきれいな楷書体で綴られていた。あまりに謎めいている内容で、わたしにはその真意が
今もってよくわからぬままなのだが、全部をまとめて実は一篇の「詩」なのだといったん
割り切ってしまえば、それなりに興味をそそられる人がどこかに一人くらいはいるかもし
れない。ということで、あえてここにそのまま全文を引用してみることにする。

　　　――絵の方が本当のわたし　わたしの方が実は比喩

　　　――絵がわたしを描き捨ててしまう日が　いつかは間違いなくやってくる
けれど　そのための備えは　あえて何もしないつもり

　　　――「労働」という言葉は　肉体を使う時にのみ使うべき言葉
精神の動きに対しては　本来　使うべき言葉ではない

　　　――「すれちがい」こそが　もっとも爽やかな人と人との出会い方
「誰とも一生出会わない」というのも　それはそれで素晴らしいことなのかも

　　　実はつい先ほど、わたしの次なる続き絵三枚が何とか完成したばかりである（**写
真その13**）。「テロさん」にまた教室で会うようなことがあれば、今度はこの三枚を渡して
みようかと考えている。どうしてこんな絵になったのか、いちいちここで説明したくはな
いのだが、それでもあえて少しだけ言うと、いちばん左の絵を描いているときは、「テロさ
ん」のご自宅の現在の様子をあれこれ気ままに妄想ばかりしていた――有象無象の「他人
たち」にとうとう家を乗っ取られ、挙句の果てにはとうとう外へ追いやられ、今頃は独り
路頭に迷っているのではなかろうか――もしかすると、生きるという「比喩」のためだけ

に食事を日々取り続けることがもはや億劫になってしまい、食べるという「労働」さえをも今ではすっぱり「描き捨て」、自ら進んでがりがりに痩せ細った体へと変貌してしまっているのではなかろうか——他方、二枚目の絵の中には、「テロさん」がご自身の続き絵の中で垣間見せていたセクシャルな部分に対するわたしなりの応答めいたものが、それなりに込められている——また、いちばん右の三枚目の絵においては、「テロさん」が続き絵のいちばん最初の絵の中にぼんやりと描いてみせていたあの「鍵」になんとか対応すべく、どこかからおもちゃの錠前を見つけてきて、絵の右下へちょっとコラージュしてみたりしている。「髙野さん、これだとまるで、鍵の絵で始まってこの鍵穴で続き絵は全て見事に完結、もはや続きはございません、なんてことになってしまうじゃないですか」——「テロさん」は（笑いながら）そんな具合に怒りだすかもしれない——今もなお、自宅の階段横の壁に画鋲で貼ったままになっているあの絵を時おり眺めては、思わずそんな独り言を漏らしたりしている自分がいる。新たに描いたこれら三枚の絵を「テロさん」に観てもらう日がいったいいつ来ることやら、今のところは全く不明のままである。

　　　最後に——この文中に登場する全ての作品を実際にご覧になった方々の中には、「これらの絵は、実はすべて髙野自身が描いたものなのではないか？」「『テロさん』なんて人物は、本当はどこにもいないのではないか？」「どうして髙野がこれらの絵を全て所有できているのか？」等々、様々な疑問をお持ちになる方がもしかするといるかもしれない。当然のことながら、「テロさん」は実在の人物である。短期間だったとはいえ、彼と二人で続けたこれら十二枚の共同作品のひとつひとつには、わたしの心の一断面、そして彼の心の一断面が、粗さを存分に残したまま、それなりに愚直に翻訳されているように思えてならない。無論、技術的にはいずれもまだまだ拙い絵であることは、我ながらよく承知している（「テロさん」はそう思わないかもしれないが）。とはいえ、左から右へ、十二枚全部を順番通りにずらりと横に並べてあらためて見渡してみると、わたしにはそれらがまるで、星座のようにすら思えてきたりもするのである。

130

日曜日の心中

あなたが毎日のようにその横を通り過ぎているあの小さな家には
屋根がない　豪雨がかくも続いているせいで　家の中の四部屋は
もはや「現代」「未来」「文明」といった言葉が　使えない有様だ
もしもあなたが　いったい誰が住んでいるのかといぶかりながら
探検家気分で　咲き乱れる紫陽花の庭を静かに抜け　この民家の
第一の部屋へ初めて足を踏み入れたとしたなら　あなたはそこに
腐りかけた木製のダイニングテーブルを見つけ　そしてその上に
一本の錆びたナイフと　ザクロのごとき果物の化石が　お互いに
向かい合うようにして置いてある無人の光景を見出すことだろう
まずナイフに目を向けると　無人の家であるはずなのに声がして
「今日の家事は全て済ませた──洗濯もしたし　風呂も掃除した
食器も全て洗い終えたし　燃えるゴミも全て処理した」　すると
ザクロからも声がするようで　「ならば最後に　まだ残っている
全ての紙幣を焼き捨て　全ての写真を焼き捨て　通帳も保険証も
年金関係の書類も　住民票も戸籍も何もかも　一挙に消し去って
しまいましょう」「それが済んだら　我ら二人の年齢も性別も
そしてこれまでの関係性も　まとめて捨ててしまいましょう」と
ナイフが返答するかのようで　気が滅入ったあなたが空を仰ぐと
外はいまだに豪雨のはずなのに　この家の真上だけなぜか快晴で
この世の果てを目指すかのように　飛行機雲がすっと伸びている
二番目の部屋に入ったあなたの目に飛び込んでくるのは　またも
腐りかけの木製のダイニングテーブルであり　その上にはまたも
互いに向かい合うようにして　真っ白な大輪の花を挿した花瓶と
なにも挿されていない瓜二つの花瓶が置かれている　白い花から
声がする　「私の家の家系図の中に　一人だけ　あとから名前を

消された者がいる——私たちの家系には絶対にありえないはずの
血と顔を持った者だったからだ——そんな子供が生まれるはずは
決してなかったはずなのに——その子は　母親とともにどこかへ
棄てられ　いっさいの縁を切られ　記録からも抹消されたらしい
その母子の末裔に会ってみたい　そして『どうしてそんな逸脱を
運命づけられたのか』と問うてみたい——その一心で　長い旅に
私は出たのだ」　花なき花瓶からの応答に　あなたは耳を傾ける
「旅の果てに私を見つけたあなたは　私の体に肉欲を抑えきれず
私を無理やり犯し　おかげで私は幾度も堕胎せざるを得なかった」
「たとえ無事に産まれていたとしても　私が虐待死させたかも——
なぜあなたのような者が　わたしの家系に生まれたのだろうか？」
「あなたの家が　『私』よりも『公』ばかりを重んじたからです」
花のない花瓶がさらに続ける　「増やし広がることに熱心のあまり
全てをいったんゼロにしてからまたこの世に還ってくるという道を
見失った罪のせいで　あなたの家は私のような血を生んだのです」
居づらさを覚えたあなたが　窓から雨の庭の紫陽花たちを眺めると
花全体としては　まことに穏やかな日常なのに　一つ一つの部分は
互いに憎しみ合う非常時のままのようで　あなたは第三の部屋へと
そのまま導かれるように進む　そこにはやはり　腐りかけた木製の
ダイニングテーブルと　それからまったく同じ椅子が二脚　互いに
向かい合うように置いてあり　テーブル上のセピア色の古新聞には
「むしゃくしゃしたのでやった」「誰でもよかった」と供述する
殺人犯の記事があり　「今のままだといつか私たちもやられそう」
と　一方の椅子がささやくかと思うと　もう一方の椅子の方からは
「今のままだといつかこいつみたいになりそう」と声がするようで
思わずあなたが　「今から何かここで始まるんですか？」と　口を
はさむと　二脚が声をそろえるようにして　「全てが始まるのだ」
「君も　この場所が亡ぶよりも前に　誰かに滅ぼされてしまう前に
まだ若くて美しいうちに　私たちのように決断してはどうかね？」

と答えるかのようで　よく見ると　椅子は両方とも黴だらけで臭く
耐えられなくなって　あなたが　いよいよ最後の部屋の扉を開くと
予想通り　腐りかけの木製のダイニングテーブル　椅子は一脚のみ
なぜかそのテーブルが　昔あなたが自分で購入したものと瓜二つで
腰掛けたくなる気持ちを抑え　テーブル上を見渡すと　なみなみと
毒薬が注がれた杯がひとつ　そしてその向こうには鏡が立ててあり
そこには杯も　そしてあなたの顔さえも　きれいに映っているのだ
「これを飲むのが『戦争』なら　飲んでしまえばあとは『戦後』だ
平和と復興あるのみだ　この国の歴史が　それを証明している」と
鏡の後ろから声がして　あなたが裏側を覗くと　そこに広がるのは
夏の碧い海だ　無人の日曜の砂浜だ　炎暑のせいで消えかけている
潮だまりでは　満潮の波を今か今かとじっと待つ　二匹のヒトデの
交尾が続く　あなたこそが　その波かもしれぬのに　そして鏡には
かくも美しく月光が映りはじめているというのに　あなたは今日も
この家のことなど気にも留めず　その横をただ通り過ぎていくのだ

髙野吾朗（たかの・ごろう）
1966年，広島市に生まれる。現在，佐賀市に在住。
英語と日本語の両方で詩作を続けており，これまで米国のBlazeVOX社より英語詩集を3冊出版している。
- ▶ *Responsibilities of the Obsessed*（2013年）
- ▶ *Silent Whistle-Blowers*（2015年）
- ▶ *Non Sequitur Syndrome*（2018年）

日本語詩集は本書が初めてのものとなる。妻を亡くし，現在独身。三児の父でもある。

なお，本書所収の多くの作品の初出は，以下のどちらかの媒体においてであった。そのどちらに対しても，この場を借りて深く感謝申し上げたい。
- ▶ 詩と批評『ミて』（詩人・新井高子氏が編集人を務める詩誌）
- ▶ 『原爆文学研究』（髙野も所属する「原爆文学研究会」が毎年刊行している学術誌）

日曜日の心中
にちよう び　しんじゅう

❖

2019年2月22日　第1刷発行

❖

著　者　髙野吾朗

発行者　別府大悟

発行所　合同会社花乱社
　　　　〒810-0001 福岡市中央区天神 5-5-8-5D
　　　　電話 092（781）7550　FAX 092（781）7555
　　　　http://www.karansha.com

印刷・製本　大村印刷株式会社

ISBN978-4-905327-96-7